KB272480

가시밭길 인연조차 삶의 나침반이 된 34년의 기록

우리는 서로의 등불로 머문다

박대식 지음

21세기북스

고통 속에서 찾은 빛

"세상은 고통으로 가득 차 있다.

그러나 견딤도 가득 차 있다."

– 에르네스트 헤밍웨이

열여섯 살 때 일기장에 적었던 짧은 글귀가 있습니다.

'나는 한다'라는 '자신감'으로

'백절불굴(百折不屈)'의 굳은 '의지'으로

온갖 '고난'을 '마음'으로 다스리니,

'나의 뜻'은 이루어질 것이다.

그때는 그저 설악산 넘어 세상이 궁금한 미래소년 코난처럼 꿈꾸며 적어 내려간 다짐이었습니다. 그런데 이 단순한 글귀가 이후 서른넷 이라는 세월 동안 내 삶의 나침반이 될 줄은 몰랐습니다.

삶은 쉽지 않았습니다. 쉼 없이 어깨동무하며 찾아오는 불행들, 그 리고 관계의 상처들까지, 때로는 숨이 막힐 것 같은 고통 속에서 저는 어떻게 살아남았을까요? 저의 삶을 지탱해 준 세 가지 기둥이 있었습니다.

첫 번째는 '멍'이었습니다. 더 이상 할 수 없을 때, 저는 그저 창밖을, 커피잔을, 불멍을, 산과 바다 등을 멍하니 바라보았습니다. 그 시간은 삶의 무게를 잠시 내려놓는 쉼표와도 같았습니다. 두 번째는 '만남'이었습니다. 소녀의 해맑은 미소, 포기하지 않는 거북이 같은 동료들, 등불을 든 스승들, 심지어 가시밭처럼 날카로웠던 관계에서조차 저는 살아갈 힘을 얻었습니다. 세 번째는 '개똥철학'이었습니다. 경전과 고전, 영화와 드라마, 일상에서 만난 지혜들은 단순한 글귀가 아닌 실제 삶의 고통 속에서 검증된 생존의 지혜였습니다.

이 책은 16살부터 50세에 이르기까지, 삶의 고통 속에서 발견한 이 세 가지 기둥 -'멍'과 '만남'과 '개똥철학'-에 관한 이야기입니다. 거창한 문학이 아닌, 살아내기 위해 쓴 글들입니다. 삶과 고통은 공존합니다. 그러나 고통 속에서도 우리는 숨을 고르는 법을, 손을 맞잡는 법을, 지혜를 찾는 법을 배웁니다. 그리고 그것이 결국 '삶'이란 이름의 긴 여정을 완성합니다.

이 책이 비슷한 고통 속에서 숨 고르기가 필요한 누군가에게 작은 위로가 되길 바랍니다.

2026년 3월

지은이 박 대 식

목 차

사색 '멍'

- 삶이 고통스러울 때 그냥 '멍'을 때린다

Part1

일상 공간에서의 사색

일상 공간에서의 사색

01 | 창밖

창밖을 멍하니 바라본다

어제의 결론 못 낸 미팅들이 어깨를 누르고

내일의 못다 한 일들이 가슴을 조여 오는데

유리창 너머 흘러가는 구름처럼

생각도 잠시 떠돌게 하고 싶다

스마트폰은 침묵하고

시계 바늘은 제자리걸음 하는 듯한

이 좁은 공간 속에서

나는 숨을 고른다

떠다니는 먼지처럼

의미 없이 존재하는 이 순간만큼은

그저, 창밖을 멍하니 바라본다

삶의 무게를 잠시 커피잔 옆에 내려두고

-부암동 Club Espresso에서

그날 아침, 알람보다 먼저 눈이 떠졌다. 새벽 다섯 시. 머릿속에는

벌써 오늘 해야 할 일들의 목록이 줄을 섰다. 어제 회의에서 결론 못
낸 프로젝트, 내일까지 제출해야 하는 보고서, 답장 못 한 메일들.

집을 나섰다. 회사로 가는 발걸음이 무겁다. 출근길 지하철 안, 모두
가 똑같은 표정으로 스마트폰을 들여다본다. 나도 모르게 회사 메일
함을 열어본다. 밤새 또 쌓인 메일들. 읽기도 전에 피곤이 밀려온다.
문득 '오늘 하루도 이렇게 지나가겠지'라는 생각이 들었다. 회사 가
서, 미팅하고, 밥 먹고, 또 미팅하고, 퇴근하면 기력 소진. 그렇게 하루
가 가고, 일주일이 가고, 한 달이 간다. 언제부터 내 하루가 이렇게 기
계적이 되었을까.

기계적인 삶을 잠시 내려놓는 루틴이 있다. 토요일 새벽이 되면, 인
왕산 숲길과 부암동 언덕길을 걷는다. 걷다가 인왕산 기차바위를 바
라보며 잠시 쉬고 싶었다. 평소 커피 한 잔에 멍 때리기를 좋아하는 나
에게, 화려하지 않은 'Club Espresso'가 눈에 들어왔다.

오픈 시간에 맞춰 온 걸까? 카페에는 사람이 없었다. 습관처럼 창가
자리에 앉아 드립 커피를 주문하고 그냥 창밖을 바라보았다. 유리창
너머로 인왕산 기차바위 너머 구름이 천천히 흘러간다. 아무 목적도
없이, 아무 계획도 없이, 그저 바람 따라 흘러간다.

나는 언제부터 저렇게 자유롭게 흐르는 걸 잊어버렸을까? 모든 것

이 일정표에 맞춰 돌아가고, 모든 순간이 생산성으로 평가받는 삶. 그때 스마트폰이 진동한다. 하지만 오늘은 그 알림을 무시하기로 했다. 토요일 아침 나만을 위한 시간에는 아무것도 하지 않기로. 아무것도 생각하지 않기로. 그저 이 순간, 창밖의 구름처럼 존재하기로.

02 | 검은 거울

커피잔을 멍하니 바라본다.

검은 커피에 비친 내 얼굴

그 어둠 속에 내가 보인다.

흐릿하고 일그러진 윤곽 속에서도

누구도 아닌 나라는 걸 알아본다

커피잔을 흔들어 보고

테이블 이곳저곳 옮겨 보아도

어둠 속의 내 모습은 변하지 않는다

마치 삶의 고통 속에서도

본질을 잃지 않는 영혼처럼

세상은 흔들리고

빛은 굴절되어도

어둠 속에서 더 선명해지는 것들이 있다

검은 거울 위에 투영된 내 진짜 얼굴

-예술의전당 테라로사

예술의전당 테라로사는 내가 가장 좋아하는 카페 중 하나다. 높은 천장, 은은한 조명, 그리고 클래식 음악이 흐르는 공간. 사람들은 각자의 시간을 보내고, 나는 늘 창가 구석 자리를 찾는다.

그날도 평소처럼 드립 커피를 주문했다. 설탕도 시럽도 넣지 않은, 검은 커피. 바리스타가 건네준 잔을 받아들고 자리에 앉았다. 커피를 마시려다 멈췄다. 잔 속에 내 얼굴이 비쳤기 때문이다. 검은 커피 표면은 마치 거울 같았다. 일반 거울처럼 선명하지는 않았다. 흐릿하고, 일그러지고, 완벽하지 않은 반사. 하지만 분명히 나였다. 이상한 기분이 들었다. 매일 아침 욕실 거울로 보는 내 얼굴과는 달랐다.

욕실 거울 속의 나는 밝은 조명 아래, 각도를 조절하며, 가장 나은 모습을 보여준다. 머리를 다듬고, 표정을 만들고, 세상에 내보일 얼굴을 준비한다. 하지만 커피잔 속의 나는 달랐다. 가공되지 않은, 포장되지 않은, 있는 그대로의 모습. 어둠 속에 잠긴 윤곽. 그럼에도 불구하고 분명히 '나'였다.

잔을 흔들어봤다. 물결이 일면서 얼굴이 일그러졌다. 웃는 것도 같고, 우는 것도 같은 형상. 하지만 물결이 가라앉으면 다시 돌아왔다. 흐릿하지만, 여전히 나. 테이블 이곳저곳으로 잔을 옮겨봤다. 햇빛이 드는 곳, 그늘진 곳, 조명 아래, 어두운 모퉁이. 장소가 바뀌어도 커피잔 속의 나는 변하지 않았다. 빛의 양은 달라졌지만, 그 안에 비친 본

질은 같았다. 문득 깨달았다. 삶도 이와 같지 않을까.

우리는 환경에 따라 흔들린다. 좋은 일이 생기면 기쁘고, 나쁜 일이 생기면 슬프다. 성공하면 우쭐해지고, 실패하면 위축된다. 칭찬받으면 자신감이 생기고, 비난받으면 주눅 든다. 하지만 커피잔 속 내 얼굴처럼, 환경이 바뀌어도 변하지 않는 것이 있다. 내 본질. 내 존재. '나'라는 사실.

03 에스컬레이터

광화문 빌딩 로비에서
에스컬레이터를 넋 놓고 바라본다
가만히 서 있기만 해도
사람들은 알아서 올라가고 내려간다
철골과 모터의 친절함 덕분에

인생도 이렇게 편하다면
얼마나 좋을까
그러나 인간들은
에스컬레이터보다 영리하다 생각하면서
한 방향으로만 움직이려 든다

성공이란 계단을 오를 줄만 알고
패배라는 내리막을 인정하지 않는
그 오만한 두 다리들
중력의 법칙도 모르는 척하며
언제나 위로만, 위로만

기계는 알아서 내려오는데
사람은 왜 그리 내려오기를 두려워할까
해는 떠올랐다 때가 되면 지듯
자연도 오르고 내림의 균형을 유지하는데

에스컬레이터를 멍하니 바라보며 생각한다
빈 잔도 술이 차면 넘치듯
모든 상승에는 내려옴이 따르는 것을

-광화문 East 사옥 1층에서

광화문 빌딩 1층 로비. 점심시간이 막 지난 오후 1시. 사람들은 대부분 사무실로 돌아갔고, 로비는 한산하다. 나는 회의실로 가야 하는데, 왠지 바로 가기 싫어서 로비에 서서 주변을 두리번거리며 사람들의 표정을 보고 있었다.

그러던 중 눈앞에 지하 1층에서 1층으로 올라오는 에스컬레이터가 보였다. 올라가는 것과 내려오는 것, 두 개가 나란히 움직이고 있다. 끊임없이, 쉬지 않고. 한 과장 정도 되는 남자가 올라가는 에스컬레이터에 올라탄다. 가만히 서 있다. 계단을 오르지 않아도, 기계가 알아서 그를 2층으로 데려간다. 편하다.

그 옆의 내려오는 에스컬레이터에는 젊은 여자가 서 있다. 역시 가만히 서 있다. 아무 노력도 하지 않는데, 1층으로 내려온다. 자연스럽다. "인생도 저렇게 자동이면 얼마나 좋을까." 문득 그런 생각이 들었다. 가만히 서 있기만 해도 알아서 올라가고, 필요할 때는 알아서 내려오는 인생. 노력하지 않아도, 고민하지 않아도, 걱정하지 않아도, 기계처럼 정해진 대로 움직이는 삶.

하지만 다시 생각해보니 웃겼다. 우리 인간들은 에스컬레이터보다 훨씬 복잡하게 산다. 아니, 복잡하게 만들며 산다. 올라가는 에스컬레이터만 타려고 한다. 승진, 성공, 성장, 발전. 위로, 위로, 오직 위로만. 내려오는 에스컬레이터는 고장 난 것처럼 여긴다. 실패, 좌절, 퇴보, 몰락. 그건 있어서는 안 되는 것, 피해야 하는 것.

회사에서도 그렇다. "올해 목표는 작년보다 20% 성장입니다." 매년 듣는 말. 매년 올라가야 한다. 작년과 같으면? 정체. 작년보다 못하면? 퇴보. 인간은 중력의 법칙을 거부하려 든다. 올라간 것은 내려올 수밖에 없는데, 우리는 영원히 올라가기만 할 수 있다고 믿는다. 아니, 믿어야 한다고 강요받는다. 에스컬레이터를 보리. 올라가는 것과 내려오는 것이 함께 작동한다. 둘 다 필요하다. 둘 다 정상이다. 올라가기만 하는 에스컬레이터는 없다.

04 | 지하철

퇴근길 안국역에서

지하철을 멍하니 기다린다

전광판의 숫자는 도착의 약속을 지키고

레일은 한 번도 방향을 바꾸지 않는다

삶이 지하철처럼 예측 가능하다면

뭐가 좋을까?

별생각 없이 도착하는 지하철을 타면 된다

놓치면 다음 열차를 기다리면 된다

매일 같은 자리에서 같은 시간에 만나는

철로 만든 정직한 친구

인생에선 지각도 결석도 낙제도 있는데

이 금속 상자는 늘 정시에 도착한다

우리의 삶이 다소 지루해지겠지만

가끔은 정해진 대로 생각 없이

살아가고 싶을 때가 있다

역마다 멈추는 완행열차 인생 대신

빠르게 지나치는 급행열차로

한 번쯤 살아보고 싶지만

매번 노선도를 확인하지 않아도

언젠간 목적지에 도착하는 여정

그 단순함이 부럽다

오늘은 마음의 레일을 따라

잠시 생각 없이 흘러가 보자

–퇴근길 안국역에서

금요일 저녁 7시, 안국역 3호선 플랫폼. 일주일의 끝자락. 사람들은 지쳐 보인다. 나도 마찬가지다. 월요일부터 금요일까지, 같은 역에서 같은 시간에, 같은 지하철을 탄다. 전광판을 본다. "오금 행 2분 후 도착" 정확하다. 어제도 이 시간에 2분 후였고, 그제도 그랬고, 지난주도 그랬다. 지하철은 거짓말을 하지 않는다.

2분이 지나자 정말로 지하철이 들어온다. 문이 열리고, 사람들이 내리고, 사람들이 탄다. 나도 탄다. 늘 타던 3호차. 늘 서던 자리 근처. 지하철이 출발한다. 종로3가, 을지로3가, 충무로... 익숙한 이름들이 지나간다. 매일 듣는 목소리로, 매일 같은 순서로. 문득 생각한다. 지하철처럼 사는 것도 나쁘지 않을 것 같다고. 정해진 시간에 출발하고, 정해진 역에 도착하고, 정해진 목적지에 내리는 삶. 노선도만 보면 모든 것을 알 수 있는 인생.

택시를 타면 운전사의 기분에 따라, 교통 상황에 따라 경로가 바뀐다. 하지만 지하철은 레일이 정해져 있다. 한 번도 방향을 바꾼 적이 없다. 이렇게 확실한 삶이라면… 옆자리에 앉은 사람을 본다. 이어폰을 끼고 스마트폰을 본다. 표정이 없다. 지하철 타고, 회사 가고, 일하고, 다시 지하철 타고, 집 가고. 내일도, 모레도, 내년도. 갑자기 무섭다. 너무 예측 가능한 삶이.

인생의 아름다움은 불확실성에 있지 않을까. 예상치 못한 만남, 계획에 없던 우연, 지도에 없는 길. 지하철을 놓치면 다음 열차를 기다리면 된다. 하지만 인생의 기회를 놓치면 다음은 언제 올지 모른다. 고속터미널역에 도착했다. 문이 열린다. 내릴 시간이다. 지하철은 안전하고 정확하다. 하지만 가끔은 레일을 벗어나고 싶다. 정해진 길이 아닌, 내가 만드는 길을. 가본 적 없는 동네, 들어본 적 없는 카페, 노선도에도 없는 나만의 역을.

05│빈 잔

저 빈 소주잔을 멍하니 바라본다
채우면 한 잔이 들어가고
또 채우면 또 한 잔 당기고
당기다 보니 어느새 또 빈 잔
얼굴은 벌써 달아오르고
손은 저절로 병을 향해 움직이는데

이 투명한 유리 감옥을
다시 채울까? 말까?
한참 동안 생각한다
채움과 비움 사이에서
적당함이란 얼마나 어려운 것인가

세상 모든 욕망의 끝은
또 다른 욕망의 시작일 뿐
내일의 나는 오늘의 나에게
취기 섞인 원망을 보내겠지

오늘은 채우려는 욕심을 내려놓고

그냥 빈 잔을 그대로 두고 떠난다

오, 알코올의 유혹이여

오늘은 너를 이겼다

내일은 모르겠지만

–인사동 '헝그리 서울'에서

월요일 저녁, 동료들과 회식. 인사동 '헝그리 서울'이라는 가성비 좋은 술집. 웃음소리, 술잔 부딪치는 소리. 전형적인 한국식 회식 풍경. 소주를 마셨다. 첫 잔은 의무적으로 원샷. 두 번째 잔은 분위기에 취해 원샷. 세 번째 잔은 습관적으로 그냥 원샷. 어느새 소주병 한 개가 비었고, 두 번째 병이 테이블에 놓였다. 누군가 내 잔에 소주를 따른다. 나는 마신다. 또 채워준다. 또 마신다.

그러다 문득, 손을 멈췄다. 빈 소주잔을 멍하니 바라봤다. 투명한 유리잔. 방금 전까지 소주로 가득했던 공간이, 이제는 텅 비어있다. "다시 채울까, 말까?" 간단한 질문이다. 하지만 대답은 어렵다. 채우면 기분이 좋아지고, 세상이 조금 더 부드러워 보인다. 하루의 스트레스가 녹아내린다. 하지만 채우지 않으면 내일 아침 맑은 정신으로 일어날 수 있다. 두통도 없고, 후회도 없다.

잔을 들었다. 그리고 다시 내려놨다. 들었다. 내려놨다. 옆에서 동료가 묻는다. "왜? 안 마셔?" "아, 그냥." 소주는 유혹의 화신이다. "한 잔만 더. 마지막이야, 진짜." 하지만 마지막은 없다. 한 잔이 끝나면 또 한 잔이 기다린다. 소주병이 비면 맥주가 등장하고, 맥주가 끝나면 2차가 제안된다.

욕망이란 게 다 그렇다. 채우면 또 비고, 채우면 또 비고. 부처님 말씀이 떠올랐다. "욕망은 끝이 없다. 갈증은 물을 마실수록 더 심해진다." 맞는 말이다. 소주를 마실수록 더 마시고 싶어진다. 내 얼굴이 이미 붉어졌다. 손도 조금 떨린다. 혀도 꼬인다. 하지만 취기는 속삭인다. "아직 괜찮아, 한 잔 더." 나는 빈 잔을 테이블 중앙으로 밀었다. 멀리. 내 손이 쉽게 닿지 않는 곳으로. "오늘은 여기까지." 동료들이 놀란다. "벌써? 아직 일찍인데?" 하지만 나는 웃으며 고개를 젓는다. 오늘은 여기까지가 맞다.

오늘은 무슨 얘기를 할까?

하얀 페이지를 멍하니 바라본다

초등학생 때는 일기를 숙제로 어쩔 수 없이 썼고,

십 대의 사춘기엔 막연한 내 꿈을 담았고,

이십 대는 현실에 눈을 뜨는 아픔을 쓰고

서른이 되어선 월급 명세서보다

더 슬픈 인생 회계 장부를 적었다

시간이 흘러 더 큰 어른이 되어 보니

빈 종이는 언제나

내 모든 말에 귀 기울인다

좋은 일도, 나쁜 일도

기쁨도, 아픔도

너는 내가 쏟아내는 말들을

단 한 번도 거절한 적 없지

거울처럼 비판하지 않고

벽처럼 되돌아오지 않는

가끔 울분으로 종이를 구기고

눈물로 잉크를 번지게 해도

다음 날이면 새 페이지로

또다시 날 맞아주는 너

세상 어디에도 나를 이토록

있는 그대로 받아주는 친구는 없어

침묵의 대화를 나누는 우리

세월이 흘러 내 기억이 흐려져도

서랍 속에 넌 그대로 남아

나보다 더 정확히 나를 기억해 주겠지

나의 가장 정직한 자화상

너와 함께라면 고통도 잠시

–책상 앞에서 하루를 마무리하며

책상 서랍을 열면 낡은 일기장들이 쌓여있다. 10년, 15년, 20년 전 것들. 먼지가 쌓였지만 버리지 못한 기록들. 가장 오래된 걸 꺼냈다. 초등학교 1학년 때 일기장. 표지가 색 바랬다. 펼쳐본다.

3월 15일 맑음. 오늘 숙제가 너무 많아서 짜증 났다. 재미없는 하루 였다.

웃음이 났다. 그때 나에게 숙제가 인생 최대의 고민이었구나. 페이지를 넘긴다. "5월 3일. 나는 무엇이 되고 싶은가? 아직 모르겠다. 하지만 뭔가 대단한 사람이 되고 싶다. 세상을 바꾸는 사람." 풋풋하다. 그때의 나는 세상을 바꿀 수 있다고 믿었다.

다음 일기장을 꺼낸다. "대학교 1학년 어느 가을날. 떨어지는 낙엽을 잡으면 첫사랑이 이루어진다는데, 오늘도 한 잎도 못 잡았다. 내일은 잡을 수 있을까." 그 낙엽을 결국 잡았을까. 기억나지 않는다. 다만 그때의 설렘만은 선명하다.

그리고 지금. 오늘의 일기장을 편다. 빈 페이지. 아직 아무것도 쓰지 않은 하얀 종이. "5월 22일. 오늘은" 뭐라고 쓸까. 평범한 하루였다. 출근하고, 회의하고, 점심 먹고, 일하고, 퇴근했다. 하지만 그 평범함 속에도 뭔가 있었다. 아침 커피의 쓴맛, 동료와 나눈 농담, 창밖으로 본 저녁 하늘.

일기를 쓰기 시작한 지 30년이 넘었다. 초등학생 때는 숙제로 어쩔 수 없이 썼다. 이제는 누가 시키지 않아도 쓴다. 나와 대화를 하기 위해 매일 쓴다. 일기장은 나의 가장 오래된 친구다. 사람들은 바뀌었다. 만났다 헤어지고, 가까워졌다 멀어지고. 하지만 일기장은 늘 그 자리에 있었다.

같은 걱정을 백 번 써도, 같은 아픔을 천 번 토로해도, 단 한 번도 "이제 그만"이라고 하지 않는다. 가끔 눈물로 잉크를 번지게 한 적도 있다. 하지만 다음 날이면 새 페이지가 기다린다. 어제를 모르는 척, 깨끗한 백지로. 서랍 속 낡은 일기장들을 본다. 이것들이 나보다 나를 더 정확히 기억한다.

자연과의 교감

인왕산 숲길을 멍하니 걷다가

새소리에 발걸음을 잠시 멈춘다

끝없는 회의실의 메아리와

의미를 찾아야 하는 대화들에 지친 후

아무것도 해석할 필요 없는

하늘의 언어를 만났다

말하는 것보다, 누군가의 이야기를

듣고 싶을 때가 많아진 요즘

의도를 파악할 필요도 없는 새소리

그냥 멍하니 들을 뿐이다

사람의 말은 그물처럼 내 생각을 얽매이게 하지만

새의 노래는 내 마음에 날개를 달아 준다

업무 메일도, 회의록도, 보고서도 아닌

그저 존재함을 알리는 소리

어떤 사전에도 없는

가장 순수한 소리의 언어

-인왕산 숲길에서

토요일 아침 7시, 혼자 인왕산 숲길을 걷기 시작했다. 평일에는 사람들로 붐비지만, 이른 주말 아침은 한산하다. 한 주가 힘들었다. 끊임없는 회의, 보고서, 협상. 말하고, 듣고, 대답하고, 설명하고. 사람의 말은 피곤하다.

"이번 일정은 어떻게 되나요?" – 대답해야 한다. "왜 이렇게 진행이 되죠?" – 설명해야 한다. 모든 말 뒤에는 의도가 있다. 질문 속에 비판이 숨어있고, 칭찬 속에 요구가 들어있다. 그렇게 일주일을 보내고 나면, 나는 말이 지겨워진다.

숲길을 걷는다. 처음엔 여전히 머릿속이 시끄럽다. 지난주 회의 내용이 재생되고, 다음 주 일정이 스쳐 지나간다. "그때 이렇게 대답할 걸” 그런데 숲이 깊어지면서, 점점 외부 소음이 사라진다. 차 소리도, 사람 목소리도 멀어진다. 그리고 들린다. 새소리.

“짹짹”, “꾀꼴”, “후루룩” 처음에는 그냥 배경음처럼 들렸다. 하지만 멈춰 서서 귀 기울이자, 그 소리가 선명해진다. 한 마리가 아니다. 여러 마리. 서로 다른 높이에서, 서로 다른 리듬으로 노래한다. 이상한 기분이 들었다. 사람의 말을 들을 때는 항상 긴장한다. “이 사람이 뭘 원하는 거지?” 하지만 새소리를 들을 때는? 아무 생각도 들지 않는다. 새는 나에게 아무것도 요구하지 않는다. 대답을 원하지도, 설명을 바라지도 않는다. 그저 노래한다. 존재함을 알릴 뿐.

나무 의자에 앉았다. 눈을 감았다. 새소리에만 집중했다. 무슨 뜻인지 모른다. 알 필요도 없다. 해석이 필요 없는 소리. 10분쯤 앉아 있었을까. 눈을 떴다. 세상이 달라 보였다. 같은 숲길인데, 더 선명하다. 나뭇잎의 초록색이 더 진하고, 바람의 촉감이 더 부드러워졌다. 새소리가 내 머릿속을 비워준 것 같다. 일주일 동안 쌓인 말들, 해석들, 긴장들이 씻겨 내려갔다.

인왕산을 내려오며 생각했다. 우리는 너무 많은 말 속에 산다. 뉴스, SNS, 회의, 메신저. 끊임없는 정보, 의견, 주장.

하얀 티셔츠에 검은 팔목 양말 신은 듯

장난꾸러기 널 멍하니 바라본다

먹다가 뛰다가 또 자다가

인생의 세 가지 진리를 완벽하게 실천하는 너

죽순 하나에 행복의 곡예를 펼치고

대나무 잎 몇 장에 천국을 발견한 듯한 표정

삶의 모든 철학을 이해한 너는

그저 구르고, 구르고, 또 구르며 동그란 행복을 완성한다.

너를 보며 생각한다

내 인생의 방정식은 왜 이리 복잡해졌을까

흑백 외투를 입은 너는 단순하게 살아가는데

나는 컬러풀한 대답만 요구하는 사회에 갇혀 있다.

지난 세월 동안 배운 것보다

네 스무 달 인생에서 더 많은 지혜를 본다

푸바오, 너는 내 마음속 철학자

내 복잡한 생각들이 만들어낸 고통 대신
오늘도 네 단순한 행복의 비결을 떠올린다

대나무 숲의 철학자
무거운 생각들을 내려놓는 법을 가르쳐 준
내 인생의 멍 선생님

–에버랜드에서

주말 오전, 에버랜드로 향했다. 일주일 내내 쌓인 피로를 안고. 끊임없이 문제를 해결하고, 결정을 내리고, 성과를 증명하는 일주일이었다. "이번 주도 무사히 살아남았다"는 안도감과 함께 찾아온 주말. 하지만 쉬는 것조차 계획이 필요했다. 무엇을 할까, 어디를 갈까. 쉬는 것조차 최적화하려는 내 모습이 우스웠다.

푸바오를 보러 가기로 한 건 별다른 이유가 없었다. SNS에서 본 영상이 귀여워 보였고, 그냥 멍하니 동물이나 보면 마음이 좀 편해질까 싶었다. 판다월드에 도착했을 때, 놀란 건 사람들의 숫자였다. 이렇게 많은 사람들이 판다를 보러 왔다니. 다들 나처럼 지쳐있는 걸까.

오랜 기다림 끝에 드디어 푸바오를 봤다. 흑백의 단순한 색깔. 푸바오는 그저 먹고, 놀고, 자고 있었다. 죽순을 먹다가 갑자기 구르고, 구르다가 또 먹고, 먹다가 자고. 아무 계획도 없이, 아무 걱정 없이. 노는 푸바오를 보며 문득 깨달았다. 나는 언제부터 이렇게 복잡해졌을까.

어릴 적에는 나도 저렇게 단순했다. 장난감 하나로 하루 종일 놀고, 맛있는 거 하나면 행복했다. 어른이 되면서 삶은 점점 복잡한 방정식이 되었다. 성공의 법칙, 처세술, 경쟁 전략, 시간 관리... 하지만 푸바오는 그런 거 모른다. 그냥 배고프면 먹고, 졸리면 자고, 놀고 싶으면 논다.

"먹고, 놀고, 자기." 어쩌면 우리가 수십 년 동안 배우고 익힌 복잡한 지혜들보다, 이 세 가지가 더 중요한 진리인지도 모른다. 푸바오는 여전히 죽순을 먹고 있다. 나는 한참을 그 모습을 바라봤다. 집에 돌아와서도 푸바오가 생각났다. 내일부터 다시 시작될 복잡한 일상. 하지만 가끔은 푸바오처럼 살아봐야겠다. 복잡하게 생각하지 말고, 배고프면 먹고, 졸리면 자고, 즐거우면 구르고. 그게 전부인 것처럼.

09 | 불멍

남한산성의 가을밤, 장작불 앞에 쪼그려 앉아

예술가의 불춤을 멍하니 바라본다

타닥타닥, 장작이 비명을 지르고

노랗고 붉은 불꽃은 아픔의 언어를 말한다

스스로를 태워 세상을 밝히는 장작들

나도 저렇게 빛나려면 얼마나 타야 할까

뜨거워야만 온기를 줄 수 있고

무너져야만 빛을 낼 수 있듯

삶의 아이러니가 장작 위에서 춤을 춘다

내 고민들도 모닥불에 구워 먹으면

별미가 될 수 있을까

빛은 어둠 속에서 더 선명하게 빛나고

온기는 차가움을 이겨낸 자리에서 피어난다

모닥불 앞에 앉아

오늘 하루의 무게를 불꽃에 던져본다

재가 되어 날아가는 걱정들

장작은 알고 있다

모든 불꽃은 언젠가 꺼진다는 것을

그래도 지금 이 순간만큼은

최대한 환하게 타오르겠다고

-남한산성 글램핑장에서

남한산성의 한 글램핑장. 겨울을 알리는 스산한 찬 기운 속에서 모닥불에 불이 붙는다. 장작이 타기 시작하면서 불꽃이 커진다. 노랗게, 붉게, 때로는 파랗게. 타닥타닥. 장작이 소리를 낸다. 비명 같기도 하고, 노래 같기도 한 소리. 불을 바라본다. 멍하니.

"불멍"이라는 말이 있다. 불을 멍하니 바라보는 것. 나는 온갖 멍을 때린다. 아무것도 하지 않고, 그저 바라보는 시간. 불꽃을 보고 있으니 생각이 든다. 장작은 자신을 태워서 빛을 낸다. 스스로는 재가 되지만, 그 과정에서 온기와 빛을 준다. 삶도 그렇다. 빛나려면 타야 한다. 온기를 주려면 뜨거워야 한다.

회사에서도 그렇다. 성과를 내려면 시간과 에너지를 태워야 한다. 사랑하려면 상처받을 위험을 감수해야 한다. 불꽃이 춤을 춘다. 위로, 옆으로, 예측할 수 없는 방향으로. 마치 살아있는 것처럼. 한 장작이

둘로 갈라진다. 타다가 무너진다. 하지만 무너지면서 더 환하게 빛난다. 불꽃이 치솟는다. 무너져야 빛난다.

내 인생에서 무너졌던 순간들을 떠올린다. 길어진 취업 준비, 이별, 프로젝트 좌절. 그때는 세상이 끝난 것 같았다. 하지만 지금 생각하면, 그 무너짐이 나를 바꿨다. 장작이 무너지면서 더 밝게 빛나듯이. 모닥불에 손을 뻗는다. 따뜻하다. 이 온기는 장작의 희생이다.

그렇다면 나는? 내 불꽃이 누구를 따뜻하게 하고 있나. 불을 보며 오늘 하루를 돌아본다. 오늘도 많은 걱정이 있었다. 일, 돈, 미래, 관계. 이 모닥불처럼, 그 고민들도 태워버리면 어떨까. 상상한다. 걱정 하나하나를 장작처럼 불에 던진다. 타닥. 타닥. 타닥. 모든 걱정이 재가 되어 하늘로 날아간다.

밤이 깊어진다. 불은 약해진다. 이제 붉은 숯만 남았다. 하지만 여전히 온기는 있다. 장작은 알고 있었을 것이다. 자신이 언젠가는 재가 될 거라는 걸. 하지만 그래도 탔다. 최대한 환하게. 최대한 뜨겁게. 지금 이 순간만큼은.

10 숲의 품

자락길을 걷다, 뛰다 보니
어느덧 숲속으로 들어섰다
도시의 소음과 번잡함이 나뭇잎에 걸러지고
햇살은 가지 사이로 금실방울처럼 떨어진다.

땀에 젖은 이마를 식히며 바위에 잠시 몸을 기대고
잠시 눈을 감아 본다.
마치 이불 속에 누운 듯 포근함이 온몸을 감싸고
세상 밖의 복잡함은 멀어진다.

이곳에선 시계 바늘도 쉬어가는 듯
다급하게 뛰던 내 맥박도
나뭇잎 흔들림에 맞춰 느려진다.

숲속이 나의 시간을
잠시 멈춰 놓는다
그리고 내게 숨 쉴 공간을 남겨 준다

−안산 자락길에서

안산 자락길을 뛰기 시작한 지 30분쯤 지났을까. 숨이 차오른다. 땀이 등을 적신다. 심장이 빠르게 뛴다. 뛰는 이유? 특별한 건 없다. 일주일 내내 의자에 앉아 컴퓨터만 보다가, 주말엔 몸을 쓰고 싶었다. 하지만 30분을 뛰니 다리가 무겁다. 그만 뛰고 걷기로 했다.

걷다 보니 어느새 숲속으로 들어섰다. 도시 소음이 점점 멀어진다. 차 소리, 사람 소리 대신, 바람 소리, 새소리가 들린다. 햇빛이 나뭇가지 사이로 들어온다. 직접적이지 않고, 부드럽게 걸러져서. 눈이 부시지 않다.

큰 바위를 발견했다. 등산객들이 쉬어가는 곳인 듯, 표면이 매끄럽다. 바위에 등을 대고 기댔다. 시원하다. 바위의 차가움이 땀 젖은 등을 식혀준다. 눈을 감았다. 소리에 집중한다. 바람이 나뭇잎을 흔든다. 사각사각. 어디선가 새가 운다. 짹짹. 멀리서 발소리. 똑똑. 그리고 냄새. 흙냄새, 나무 냄새, 풀냄새. 인공적이지 않은, 자연의 냄새.

이상한 기분이 든다. 마치 누군가가 나를 안고 있는 것 같다. 큰 팔로 감싸 안는 포옹. 숲이 나를 품고 있다. 포근하다. 안전하다. 아무 걱정도 들지 않는다. 시계를 본다. 오후 2시 37분. 하지만 시간이 느려진 것 같다.

도시에서는 늘 시간에 쫓긴다. "빨리", "서둘러", "시간 없어". 하루가 금방 지나간다. 하지만 이곳에서는 시간이 의미가 없다. 3시가 되든, 4시가 되든, 중요하지 않다. 심장 박동을 느끼는 것. 처음에는 빨랐다. 뛰어서. 하지만 지금은 느려졌다. 규칙적이다. 차분하다. 나뭇잎이 흔들린다. 바람에. 그 리듬에 맞춰 내 심장도 뛴다. 숲의 리듬과 내 리듬이 맞춰진다.

10분쯤 앉아 있었을까. 눈을 뜬다. 세상이 더 선명하다. 더 평화롭다. 숲이 내게 무언가를 준 것 같다. 휴식? 그 이상이다. 숲이 나의 시간을 멈춰주었다. 그리고 숨 쉴 공간을 만들어주었다. 일어서는 다시 걷기 시작한다. 발걸음이 가볍다. 마음도 가볍다.

11 | 무학송

바위틈에 뿌리내린 육백 년

세월의 무게만큼 구부러진 가지

한겨울 매서운 설악의 바람도

한여름 쏟아지는 비도

짧은 봄날의 따스한 햇살도

모두 껴안은 무학송

흔들려도 꺾이지 않는 그 모습

바위를 품에 안고 견디는 그 인내

멍하니 바라보다 문득 깨닫는다

삶의 고통은 흐르는 계절처럼

나무의 나이테처럼

그저 우리의 일부임을

–설악산 안락암 무학송 앞에서

설악산 안락암으로 가는 길. 겨울 산은 춥고 가파르다. 숨이 차오르고 다리가 저린다. 왜 겨울에 산을 오르나 싶다. 하지만 무학송을 보기 위해서는 이 길을 가야 한다. 안락암에 도착했다. 그리고 봤다. 무학송.

첫인상: "저게 나무야?" 나무라기보다는 조각품 같다. 거대한 자연의 조각. 바위 틈에 뿌리를 내리고, 옆으로 누운 듯 자란 소나무. 하늘을 향해 곧게 자라지 않고, 바위를 감싸며 구부러진 가지. 안내판을 읽는다. "수령 약 600년."

600년. 조선시대 초기. 세종대왕 시절. 한글이 만들어지기 전부터 이 나무는 여기 있었다. 나무를 자세히 본다. 몸통이 구부러져 있다. 왜? 바람 때문일 것이다. 설악산의 겨울 바람은 매섭다. 나무가 곧게 자라려 해도, 바람이 꺾었을 것이다. 하지만 나무는 꺾이지 않았다. 대신 구부러졌다. 바람을 피하기 위해 옆으로 자랐다. 저항하지 않고, 순응했다.

바위를 품고 있다. 뿌리가 바위를 감싸고 있다. 보통 나무는 흙을 뚫고 뿌리를 내린다. 하지만 이 나무는 바위 틈에 뿌리를 내렸다. 영양분도 적고, 물도 부족한 환경. 하지만 나무는 불평하지 않았다. 주어진 환경에서 최선을 다했다.

가지를 본다. 일부는 말라 있다. 죽은 가지들. 하지만 일부는 여전히 푸르다. 살아있는 가지들. 600년을 살면서 많은 가지가 죽었을 것이다. 하지만 나무는 계속 새 가지를 냈다. 그래서 지금도 살아있다. 나무 앞에 앉았다. 멍하니 바라봤다. 문득 생각이 든다. 나는 몇 년을 살았나. 무학송에 비하면 찰나다.

나는 몇 번이나 "못하겠다", "포기하고 싶다"라고 생각했나. 하지만 무학송은 600년을 버텼다. 바위 틈에서. 매서운 바람 속에서. 나무는 불평하지 않는다. 주어진 환경에서 그저 산다. 나무는 구부러졌지만 꺾이지 않았다. 환경이 힘들었지만 포기하지 않았다. 가지가 죽었지만 새 가지를 냈다.

해바라기

사무실 꽃병 속 해바라기를

노트북 너머로 멍하니 바라본다.

형광등 불빛에 속아 사무실 창문을

태양으로 착각한 노란 얼굴

백 개의 이메일과 쏟아지는 업무 사이

그저 빛만 바라보는 해바라기

아침 9시부터 저녁 6시까지

회사라는 이름의 해를 쫓는 직딩들

하루 종일 고개를 돌리지 않는 그 꽃은

월급 날만 목이 돌아가는 나보다 진실하다.

해님인지? LED 불빛인지? 묻지도 않은 채

그저 그렇게 바라보는 것

때론 행복하기도 하지만

때론 아프기도 하겠지

해바라기에겐 빛을 향한 고집이 본능이지만

나에겐 무엇을 향한 맹목인지

노란 꽃잎은 묻는다

너의 인생 해를 향해 어디까지 돌았니?

그래도 흔들림 없이 향하는 그 모습이

내 흔들리는 삶의 지표가 되기도 한다.

서글픈 현실이지만.

–사무실 꽃병 해바라기 보며

해바라기의 좋은 기운과 뭔가 좋은 일이 생길 것을 기원하며, 출근 길에 해바라기 한 송이를 산다. 출근 후 노트북을 켰다. 이메일함을 열 었다. 밤새 쌓인 메일들. 긴 심호흡을 한 후 첫 번째 메일을 읽기 시작 했다. 가슴을 조여드는 답답함에 해바라기를 쳐다본다. 노란 꽃잎. 갈 색 씨앗들. 그리고 고개를 돌린 모습.

어? 고개가 돌아가 있다. 창문 쪽으로. 아침 햇빛이 들어오는 쪽. 신 기하다. 분명 아침에 꽃병을 놓을 때는 정면을 향하고 있었을 텐데, 해 바라기가 스스로 고개를 돌렸다. 빛을 향해. 그래서 해바라기구나. 다 시 일을 계속한다. 메일 회신, 보고서 작성, 회의 준비.

점심시간. 구내식당에서 밥을 먹고 돌아왔다. 해바라기를 본다. 또 돌아가 있다. 정오의 태양을 향해. 집요하다. 우습다. 해바라기는 태양이 LED 전등인지, 진짜 해인지조차 모를 것이다. 그냥 빛나는 것을 향할 뿐. 가짜 태양에게 헌신해도 모른다.

그런데 문득 생각이 든다. 나는? 나도 하루 종일 무언가를 쫓고 있다. 회사라는 이름의 해. 성과, 인정, 승진, 연봉. 아침 9시에 출근해서 밤 9시까지. 그 해를 쫓는다. 고개를 돌리고, 몸을 맞추고, 방향을 바꾼다. 그게 진짜 태양인지도 모르면서. 해바라기와 나, 뭐가 다른가.

해바라기는 태양을 쫓는 게 본능이다. DNA에 각인된 행동. 선택의 여지가 없다. 하지만 나는? 나는 선택할 수 있다. 그런데도 나는 매일 같은 방향만 본다. 회사. 일. 성과. 오후 3시. 회의가 끝났다. 지쳤다. 해바라기를 본다. 여전히 빛을 향하고 있다. 지치지 않는다. 의심하지 않는다. 그냥 향한다.

어떤 면에서는 부럽다. 나는 자주 의심한다. "이게 맞나?", "이렇게 살아도 되나?" 하지만 해바라기는 의심하지 않는다. 해를 향하는 것. 그것이 자신의 삶. 퇴근 시간. 오후 6시. 짐을 챙긴다.

13 | 청초호

담배 한 모금을 내뿜으며

달빛에 출렁이는 청초호를 멍하니 바라본다

어릴 적 조약돌 던지며 뛰놀던 청초호

이제는 어른이 되어 고민을 던지는 곳이 되었다.

물결 위에 달빛이 부서지듯

내 고민도 조각조각 흩어지길

담배 연기처럼 사라지는 생각들

짙게 피어올랐다 어디론가 흘러가는

청초호의 잔잔한 물결소리에 귀 기울이며

깊어가는 고향의 밤을 맞이한다

호수는 여전히 그 자리에 있지만

그 물은 끊임없이 바뀌었듯

청초호도, 나도 세월 속에 많이 변했네

무거운 마음도 결국 물 위의 달빛처럼

한순간 반짝이다 사라지는 것을

이 깨달음이 가슴에 스며들자

오랜만에 숨이 트이는 듯 마음이 가벼워진다.

고향의 호수는 언제나 이렇게

나를 치유하는 방법을 알고 있다.

-속초 청초호에서

어느 가을날 서울에서 속초 행 고속버스를 탔다. 특별한 일이 있는 것도 아니었다. 그냥 갑자기 고향이 보고 싶었다. 아니, 정확히는 잠시 도망치고 싶었다. 최근 몇 달간 꼬여버린 일들. 고민과 갈등. 잠시 쉼표가 필요했다. 버스에서 내려 속초의 공기를 마셨다. 짠내가 났다. 바다 냄새. 어릴 적부터 맡아온 익숙한 냄새.

집에는 들르지 않았다. 지금의 고뇌에 찬 내 모습을 보여주고 싶지 않았다. 대신 청초호로 향했다. 걸어서 5분. 어릴 적 수없이 걷던 그 길. 청초호에 도착했을 때는 한적했다. 나와 호수, 그리고 달빛만.

벤치에 앉아 담배를 꺼냈다. 원래는 안 피우는데, 오늘은 왠지 피우고 싶었다. 한 모금 깊게 들이마시고, 천천히 내뱉었다. 어릴 적 이곳에서 친구들과 조약돌을 던지며 놀았었다. 그땐 그게 전부였다. 저녁 6시까지 집에 들어가기만 하면 됐고, 내일 숙제만 해가면 됐고, 그렇게 하루항상 행복했다.

언제부터 이렇게 복잡해졌을까. 직장, 돈, 미래, 인간관계... 어릴 적 던졌던 조약돌 대신, 이제는 고민 덩어리를 이 호수에 던진다. 달빛이 호수 위에서 출렁인다. 물결에 따라 부서졌다 모였다를 반복한다. 그 때 문득 깨달았다. 이 호수는 여전히 그 자리에 있지만, 호수를 채우는 물은 끊임없이 바뀌고 있다는 것을. 지금 내가 보고 있는 이 물은, 내가 어릴 적 조약돌을 던졌던 그 물이 아니다. 그 물은 이미 오래전에 바다로 흘러갔고, 지금은 새로운 물이 이 자리를 채우고 있다.

호수도 변했고, 나도 변했다. 하지만 변하지 않는 것도 있다. 이곳이 여전히 나를 품어준다는 것. 담배를 끄고 일어섰다. 서울로 돌아가면 여전히 그 문제들이 날 기다리고 있을 것이다. 아무것도 해결된 건 없다. 하지만 이상하게 마음이 가벼워졌다.

14 일출

어둠을 깨고 솟아오르는 붉은 기운을

멍하니 바라본다

바다의 수평선을 마주 보며,

뒤로는 설악의 능선을 품은 청대산에서

새벽의 차가운 공기를 마시며

불확실한 기다림 속에 서 있다.

삶이 무거울 때

마음이 답답할 때도

해는 변함없이 떠오른다

어제의 어둠을 지우며

가끔은 짙은 구름이

그 빛을 가릴 때도 있지만

잠시일 뿐

언젠간 뚫고 나온다

그때의 빛은 더 강력하게

설악의 봉우리들을 물들이고

내 마음의 어둠도 함께 밝힌다.

일출을 못 보는 날도 있지만

또 오면 되는 것을

산이 가르쳐 준다.

고통과 함께 흐르는 삶처럼

어둠과 빛은 늘 함께

일출을 바라보며 생각한다

내 안의 태양도 오늘 다시 떠오른다고

모든 구름을 뚫고, 모든 산을 넘어

—속초 청대산 위에서

새벽 4시 자동 알람. 고향의 새벽은 어릴 적 일출을 보며 조깅했던 때를 여전히 기억하고 있는 듯하다. 이번엔 속초 청대산으로 일출을 보러 가기로 했다. 산 정상에서 보는 속초 시내와 동해 바다, 그리고 병풍처럼 서 있는 설악산. 나만의 일출 명소이다.

새벽 어둠 속에서 등산을 시작한다. 헤드랜턴을 켰다. 좁은 빛줄기가 앞길을 비춘다. 조용하다. 새벽 산은 고요하다. 내 발소리, 숨소리만 들린다. 왜 일출을 보러 가나. 특별한 이유는 없다. 그냥 어릴 적 습관처럼. 굳이 이유를 설명하자면 어둠이 밝음으로 바뀌는 순간을, 희망이 떠오르는 그 찰나를 느끼기 위함이랄까.

삶이 고통스럽고 무거울 때, 앞이 보이지 않을 때 일출을 보면 잠시 고통을 잊고 희망이 가득 차오른다. 그래서 일출이 보고 싶었다. 어둠이 끝나는 걸 확인하고 싶었다. 등산로는 가파르다. 숨이 차오른다. 다리가 저린다. 하지만 계속 걷는다. 정상에 가야 일출을 볼 수 있으니까.

30분쯤 올랐을까. 뒤를 돌아본다. 속초 시내의 불빛이 보인다. 작은 별처럼 반짝인다. 저 불빛 하나하나가 누군가의 집이고, 누군가의 삶이다. 새벽 4시에도 켜진 불빛들. 나만 힘든 게 아니구나. 다시 오른다. 정상에 도착했다. 동해 바다의 수평선이 보인다. 아직 어둡다. 하지만 하늘색이 조금씩 변하고 있다. 검은색에서 남색으로, 남색에서 보라색으로.

추웠다. 새벽 산 정상은 차갑다. 바람이 분다. 기다린다. 일출은 확실하지 않다. 구름이 가릴 수도 있고, 안개가 낄 수도 있다. 인생도 그렇다. 내일이 나아질 거라는 보장이 없다. 하지만 그래도 기다린다. 해가 뜰 거라고 믿으면서. 수평선 끝에서 붉은 점이 나타난다. 작다. 하지만 분명하다. 점이 커진다. 반원이 된다. 그리고 완전한 원. 태양. 눈이 부시다. 하지만 눈을 돌릴 수 없다. 너무 아름답다.

15 | 영금정

영금정에 올라

파도를 멍하니 바라본다

하루에 수천 번

바위는 파도의 뺨을 맞는다

때리고 또 때리는 파도에도

바위는 미동도 하지 않고

부서지는 건 언제나 바위가 파도일 뿐

어릴 적 보았던 그 모습을

세월이 흘러 다시 보니

파도는 여전히 거칠고

바위는 여전히 그 자리에

삶이 던지는 파도를 맞으며

나도 바위처럼 서 있을 수 있을까

침묵하는 바위에게서 배운다

인내는 소리 없는 승리임을

–속초 영금정에서

속초 영금정. 어릴 적 검은 튜브를 어깨에 메고 수영하러 자주 오던 곳이다. 고향 떠나 마음이 좁아졌다고 생각이 들면, 영금정에 올라 동해 바다를 보며 지혜를 얻어가던 그곳. 살면서 가끔 그리고 지금도 다시 찾는다. 어릴 적이나 지금이나 영금정은 변하지 않았다. 같은 바위, 같은 바다, 같은 파도 소리.

바위에 올라섰다. 발밑으로 파도가 친다. 파도가 바위를 때린다. 철썩! 하얀 물거품이 튄다. 바위는 꿈쩍도 하지 않는다. 다시 파도가 온다. 철썩! 또 때린다. 바위는 여전히 그 자리에. 파도는 쉬지 않는다. 하루 종일, 일 년 내내. 이 바위는 얼마나 오래 여기 있었을까. 100년? 1,000년? 아마 그 이상일 것이다.

수없이 파도를 맞았을 것이다. 하지만 바위는 여전히 그 자리에 있다. 파도를 본다. 거칠다. 힘이 세다. 바위를 때릴 때마다 물보라가 하늘 높이 치솟는다. 하지만 부서지는 건 파도다. 바위가 아니라. 파도는 바위에 부딪혀 산산이 흩어진다. 하얀 거품이 되어 사라진다. 하지만 바위는 그대로다.

왜일까. 파도가 더 크고, 더 빠르고, 더 시끄러운데, 왜 바위가 이기는 걸까. 대답은 간단하다. 바위는 움직이지 않기 때문에. 파도는 에너지를 쓴다. 움직이고, 때리고, 소리 지른다. 하지만 바위는 아무것도 하지 않는다. 그저 서 있을 뿐. 그리고 그게 힘이다.

내 삶을 돌아본다. 살면서 많은 파도를 맞아왔다. 직장에서의 압박, 상사의 비판, 동료의 경쟁, 경제적 불안. 나는 어떻게 반응하나. 파도 처럼 움직인다. 화내고, 대응하고, 싸운다. 에너지를 쓴다. 그리고 지 친다. 하지만 바위는 다르다. 파도가 때려도 반응하지 않는다. 화내지 않는다. 싸우지 않는다. 그저 묵묵히 서 있다. 그리고 파도는 스스로 부서진다. 침묵의 힘.

어릴 적에도 이 바위를 봤다. 그때도 파도는 바위를 때렸고, 바위는 그 자리에 있었다. 세월이 흘렀고 나는 많이 변했다. 하지만 바위는 똑 같다.

여행과 걷기를 통한 성찰

16 구름 위를 나르샤

구름 위를 멍하니 바라본다

삶의 무게가 한라산처럼

어깨를 짓누를 때면

제주 행 비행기를 탄다

그리고 창밖 구름을 보며

영원히 잠들 것처럼 눈을 감는다

마치 슈퍼맨처럼 구름 사이를 신나게 날아다닌다

눈을 뜨고 싶지 않다

현실로 돌아가고 싶지 않다

그러나 기내 방송이 눈을 뜨게 한다

현실에서 만나는 불청객처럼

도망치고 싶은 삶도

결국은 마주해야 하는 것

착륙하는 비행기처럼

현실의 땅을 딛는 순간이 오니까

-제주 행 기내에서

갑자기 당일치기 여행을 떠나고 싶을 때면, 난 평일 새벽 출근을 하지 않고 불쑥 제주 행 첫 비행기로 떠난다. 비행기 탑승 안내 방송이 들리면, 왠지 먼 해외 여행을 떠나는 착각에 빠져든다.

습관처럼 비행기 창가 자리에 앉아 이륙. 활주로를 달리다가 순간 떠오른다. 서울이 멀어진다. 빌딩들이, 도로들이, 내 문제들이 작아진다. 창밖을 본다. 구름이 보인다. 눈을 감는다. 영원히 잠들 것처럼.

'구름 속을 난다. 상상한다. 내가 슈퍼맨이 된 것처럼.' 이 구름, 저 구름을 자유롭게 날아다닌다. 중력도 없고, 책임도 없고, 현실도 없다. 천국 같다. 눈을 뜨고 싶지 않다. 이 순간이 영원했으면 좋겠다. 구름 위에서, 아무 걱정 없이, 그저 떠다니기만 하면.

하지만. "승객 여러분, 곧 제주국제공항에 착륙하겠습니다." 기내 방송. 불청객 같은 목소리. 눈을 뜬다. 어쩔 수 없이. 창밖을 보니 제주도가 보인다. 한라산, 해안선, 공항. 현실이 다가온다. 비행기가 하강한다. 높이가 낮아질수록 땅이 가까워진다. 착륙. 바퀴가 활주로에 닿는다. 쿵. 현실의 땅을 딛는 순간. 탈출이 끝났다.

1시간. 겨우 1시간의 자유였다. 하지만 그것만으로도 감사하다. 잠시나마 구름 위에 있었으니까. 비행기에서 내린다. '당일치기 여행. 짧은 시간이지만, 잠시라도 벗어나지 않으면 견딜 수 없다.' 제주 바다를 본다. 푸르다. 파도가 친다. 평화롭다. 서울에는 콘크리트뿐이다. 빌딩의 파도, 사람의 파도. 그 속에서 나는 익사하고 있었다. 하지만 여기는 다르다. 진짜 파도. 진짜 바다.

혼자만의 당일치기 여행으로 제주도 이곳저곳을 목적 없이 운전하며 다닌다. 어느덧 저녁. 제주공항. 서울 행 비행기를 기다린다. 돌아가고 싶지 않다. 하지만 돌아가야 한다. 1시간 후, 김포공항 착륙. 서울. 현실. 내일 아침. 출근. 다시 시작.

하지만 버틸 수 있다. 왜냐하면 나는 안다. '언제든 다시 날 수 있다는 것을. 언제든 다시 구름 위로 갈 수 있다는 것을.' 잠시 벗어났다가, 다시 돌아와 싸운다. 그렇게 버틴다. 시에 '도망은 패배가 아니라 생존 전략, 숨 고르기 위해 잠시 물러서는 용기'라고 썼다. 정말 그렇다. 도망치는 게 아니다. 숨을 고르는 것이다.

당신도 지금 벗어나고 싶나요? 그렇다면 떠나세요. 비행기를 타든, 기차를 타든, 그냥 동네 공원이든. 잠시 현실에서 벗어나세요. 숨을 고르세요. 그리고 다시 돌아오세요. 그 반복이 우리의 삶이니까요.

17 | 여행

잠시 살던 곳을 떠나는 것

여행의 시작

멍하니 차창 밖을 바라본다

경춘선 철길 위 흔들리는 풍경들

창밖의 강물은 내 고향 바다인 양

산들은 설악의 봉우리인 척

여행은 돌아갈 약속

나 언젠가 돌아가리오

앞개울이 동해 바다, 뒷동산이 설악산인

긴 여행을 끝내고 내 고향으로

대리만족의 짧은 위안이지만

이 철길이 결국 바다로 이어진다 믿으며

나 다시 살던 곳으로 돌아가리라

고통이 있기에 그 끝의 기쁨도 있다

-ITX 경춘선 기차 안에서

청춘의 기억들을 많이 묻어둔 경춘선 라인의 도시들. 가끔 그때로 돌아가고 싶을 때면, ITX 경춘선 기차에 올라 서울을 떠나 춘천 행으로 향한다. 특별한 계획은 없다. 그냥 떠나고 싶었다.

출발하는 기차 밖 풍경을 멍하니 바라본다. 청량리역을 빠져나가자, 풍경이 바뀌기 시작한다. 빌딩이 사라지고, 아파트가 줄어들고, 녹색이 늘어난다. 북한강이 보이기 시작한다. 서울에서 강원도로. 끊임없이 흐른다. 문득 고향이 생각난다. 속초. 바다가 있는 곳. 창밖의 산을 본다. 높은 산은 아니다. 하지만 푸르다. 여름 산은 초록으로 가득하다.

여행이란 뭘까. 떠나는 것? 맞다. 하지만 그게 전부는 아니다. 여행은 돌아오는 것이기도 하다. 떠나는 순간, 우리는 이미 돌아올 것을 약속한다. 편도 티켓이 아니라, 왕복 티켓. 왜 여행을 하나. 새로운 곳을 보기 위해? 그것도 맞다. 하지만 더 깊은 이유가 있다. 살던 곳에서 벗어나기 위해. 서울에서의 나는 그저 평범한 직장인이다. 자은 역할이 있고, 책임이 있고, 기대가 있다. 하지만 기차 안의 나는? 아무것도 아니다. 그냥 여행자. 역할도 없고, 책임도 없고, 기대도 없다. 자유롭다.

물론 이 자유는 일시적이다. 반나절 후면 다시 서울로 돌아갈 것이다. 내일이면 다시 회사에 출근할 것이다. 하지만 그래도 괜찮다. 짧은 자유라도, 없는 것보다 낫다. 남이섬에 도착했다. 숲길을 걷는다. 걷다가 지치면 벤치에 앉아 강가의 잔잔한 물결을 바라본다. 혼자 웃다가 울다가 하며, 어느덧 해 질 녘 저녁이 되어, 다시 서울 행 기차에 몸을 싣는다.

짧은 여행이 끝난다. 짧은 탈출이 끝난다. 하지만 슬프지 않다. 여행은 원래 끝나는 것이니까. 떠남이 있으면 돌아옴도 있는 것이니까. 기차가 서울로 향한다. 나는 다시 일상으로 돌아간다. 하지만 오늘의 여행을 기억할 것이다. 강을 봤던 것, 산을 봤던 것, 잠시나마 자유로웠던 것.

18 | 설악산 넘어

설악산 저 산만 넘으면

내 꿈이 이루어질 줄 알았다.

언덕 위에 서면 높은 봉우리가 보이듯

넘어가서 살아 보니 또 다른 산이 기다리고 있었다.

꿈은 멀어지고 산은 이어진다

다시 내 고향으로 돌아와

청초교 위에 멍하니 서서

이제야 알겠다

산을 넘는 것보다

산을 바라보는 것의 의미를

목표만 좇던 삶에서

지금 이 순간을 느끼는 삶으로

설악산은 여전히 그 자리에 서서

내게 무언의 위로를 건넨다

-속초 청초교 위에서

속초 청초교에 섰다. 혹한의 겨울. 다리 위에서 칼바람을 맞는다. 눈앞에 펼쳐진 설악산의 장대함. 어릴 적부터 큰 꿈을 꾸며 봐온 산. 어릴 적 설악산을 보며 생각했었다. "저 산만 넘으면"

어린 시절 속초에서 서울로 대학에 가는 게 꿈이었다. 설악산이 가로막고 있는 것처럼 느껴졌다. 저 산만 넘으면, 서울이 있고, 대학이 있고, 새로운 삶이 있을 거라고. 어른이 되어, 설악산을 넘었다. 서울로 갔다. 하지만 서울에도 산이 있었다. "이 산만 넘으면" 취업이라는 산을 넘었다. 1년이 걸렸다. 수없이 떨어졌지만, 결국 합격했다.

그런데 회사에도 산이 있었다. 승진이라는 산, 성과라는 산, 인정이라는 산. "이 산만 넘으면" 계속 같은 생각을 했다. 그렇게 수십 년이 지났다. 돌아보니 산만 넘었다. 언덕 위에 서면 봉우리가 보이고, 봉우리에 오르면 또 다른 산이 보였다. 끝이 없었다. 그리고 지쳤다. 번아웃(Burnout)이었다. 더 이상 산을 오를 기력이 없었다. 그래서 잠시 고향으로 돌아왔다. 처음 출발했던 이곳으로.

청초교에 서서 다시 설악산을 바라본다. 수십 년 전에도 이 자리에 서서 저 산을 봤었다. 그때는 산이 장애물이었다. 넘어야 할 것. 하지만 지금은 다르다. 산은 그저 산이다. 넘을 필요도 없고, 극복할 필요도 없다. 그냥 거기 있는 것. 아름답다. 웅장하다. 변하지 않는다.

산을 넘는 것보다, 산을 바라보는 것. 어쩌면 그게 더 중요한 걸지도 모른다. 우리는 늘 목표를 향해 달린다. "이것만 이루면, 그러면 행복할 거야." 하지만 이루고 나면? 또 다른 목표가 생긴다. 행복은 항상 다음 산 너머에 있다. 결코 지금 여기에 있지 않다. 설악산을 본다. 저 산은 내게 말한다. "넘으려 하지 마라. 그냥 바라봐라." 다리 난간에 기대어 생각에 잠긴다. 지금 이 순간. 목표도 없고, 야망도 없고, 계획도 없다. 그냥 다리 위에 서서, 산을 바라보고, 칼바람을 맞는 순간.

19 인왕산 기차바위

사무실 밖 내리는 눈을 바라보니

고향 설악산이 갑자기 생각난다

뭔가에 홀린 듯 인왕산으로 향하는 발걸음

쌓인 눈이 신발 아래서 뽀드득 소리를 낸다.

기차바위에 올라

북한산을 멍하니 바라본다

어릴 적 눈사람 만들 때

동네 친구들과 눈싸움 하던 그때로

어른이 되어 돌아갈 수 없지만

쌓인 일들을 잠시 잊고

꼬꼬마 어린 시절로 돌아가 본다

세월이 가져간 순수함 대신

마음 한편에 남겨진 눈처럼 하얀 기억을 어루만지며

–인왕산 기차바위에서

1월의 어느 수요일 오후. 사무실 창밖으로 눈이 내리기 시작했다. 처음에는 가늘게, 그러다 점점 굵어졌다. 30분 만에 세상이 하얗게 변했다. 동료들이 웅성거린다. "와, 눈 엄청 온다." "일찍 퇴근해야 하나?"

하지만 나는 다른 생각을 했다. 고향 속초의 겨울. 설악산에 눈이 쌓이면, 산 전체가 하얀 거대한 덩어리가 된다. 뭔가에 홀린 듯 일어서, 카카오 택시를 급하게 부른 후 인왕산 기차바위로 향한다. 인왕산 기차바위는 북한산을 한눈에 볼 수 있는 곳으로 눈 쌓인 고향 산이 생각날 때면 찾는 곳이다. 택시를 타고 부암동 주민센터에서 내려 눈 쌓인 부암동 언덕길을 걸어간다.

뽀드득. 뽀드득. 신발 밑에서 눈 밟는 소리가 난다. 이 소리를 얼마나 오래 듣지 못했을까. 서울에서는 눈이 와도 금방 녹는다. 사람들이 밟고, 차들이 지나가고, 제설제를 뿌린다. 하지만 산에서는 다르다. 눈이 쌓인다. 깨끗하게. 20분쯤 올랐을까. 기차바위에 도착했다. 바위에 올라섰다. 북한산이 보인다. 눈으로 뒤덮인 봉우리들. 하얗다.

눈을 감고 잠시 어릴 시절로 돌아간다. 초등학교 겨울. 학교 운동장에 눈이 가득 쌓였다. 점심시간, 친구들과 눈사람을 만들고 눈싸움을 했다. 집에 가는 길, 하얗게 쌓인 눈 한 움큼 집어서 입에 넣었다. 차갑지만 입속에서 녹는다. 그때는 세상이 단순했다. 눈이 오면 신났다. 그것이 전부였다.

　지금은? 눈이 오면 출근길 지연, 미끄러운 인도, 젖은 신발. 불편한 것들만 생각난다. 언제부터 이렇게 변했을까. 언제부터 눈이 즐거움이 아니라 불편함이 되었을까. 눈을 다시 떠서 기차바위에서 내려다본 서울. 빌딩 숲. 도로. 차량들. 저 아래 어딘가에 내 사무실이 있다. 하지만 지금 여기서는 보이지 않는다. 눈이 모든 걸 덮었다. 하얗게. 손을 뻗어 눈을 만진다. 차갑다. 하지만 기분 좋은 차가움. 어린 시절로 돌아갈 수는 없다. 시간은 되돌릴 수 없다.

20 | 벚꽃과 소주 한잔

벚꽃이 떨어질 때
한잔 또 한잔
어느새 소주 한 병이 비었네
멍하니 벚꽃을 바라본다

소주잔에 떨어진 벚꽃에 취해
성북천에 비친 달빛에 취해
옛 시인은 달에 취했다지만
나는 오늘 떨어지는 꽃잎에 취하네

매년 벚꽃 지는 날 그 자리에 앉아
떨어지는 꽃잎을 아쉬워하며
삶의 덧없음을 생각한다

일 년을 기다려 며칠 피고 지는 꽃
우리 삶도 그러할까
결국 스쳐가는 순간일 뿐

-한성대역 성북천에서

4월 초순쯤. 성북천 벚꽃이 절정이다. 한성대역 근처 성북천. 벚꽃 나무가 양쪽으로 늘어선 산책로를 매년 이맘때쯤 혼자 걷는다. 편의점에서 소주 한 병과 플라스틱 컵도 함께. 벤치에 앉았다. 벚꽃 나무 아래.

벚꽃을 바라보며 소주를 따른다. 한 잔. '벚꽃의 흰색, 분홍색 꽃잎들이 바람에 살짝 흔들린다.' 벚꽃잎들이 휘날린다. 마치 눈처럼. 그러나 눈보다 더 아름답게 흩날린다. 벚꽃 한 잎이 내 소주잔에 떨어진다. 소주 위에 떠 있는 벚꽃잎. 고민하다가 그냥 마신다. 벚꽃과 함께.

어느새 소주 한 병이 반쯤 비었다. 취하기 시작한다. 소주에? 아니, 벚꽃에. '이백은 달에 취했다고 했다. 나는 오늘 벚꽃에 취한다.' 매년 이맘때면 여기 온다. 벚꽃 보며 혼술하러. 그리고 생각한다. 덧없음을.

벚꽃은 1년을 기다렸다가, 며칠만 핀다. 일주일? 열흘? 그리고 진다. 왜 이렇게 짧을까. 우리 삶도 그렇다. 좋은 순간들, 행복한 시간들, 사랑하는 사람들. 모두 일시적이다. 벚꽃처럼 피었다 진다. 꽃잎이 계속 떨어진다. 바닥에 쌓인다. 분홍색 카펫. 아름다움의 덧없음.

하지만 그래서 더 아름다운 것 아닐까. '영원하지 않기에, 더 소중한 것.' 만약 벚꽃이 1년 내내 폈다면? 아마 지겨울 것이다. 1년에 단 며칠이기에, 우리는 기다린다. 소주를 다 마셨다. 빈 병을 든다. 일어나서 걷는다. 벚꽃 터널을 지난다. 머리 위로, 옆으로, 벚꽃잎들이 날린다. 그 속을 걷는다. 벚꽃 비 속을.

아름답다. 슬프다. 하지만 평화롭다. 시에 '모든 것은 지나간다. 아름다움도, 고통도, 기쁨도, 슬픔도. 벚꽃처럼'이라고 썼다. 정말 그렇다. 아픔도 지나가고, 기쁨도 지나간다. 영원한 것은 없다. '일 년에 단 일주일, 그래서 더 기다려지는 만남.' 벚꽃은 기다림을 가르쳐준다. 좋은 것은 천천히 온다. 그리고 빠르게 간다. 하지만 그 짧은 순간이 1년을 버티게 한다.

내년에도 올 것이다. 이 자리에. 소주 한 병 들고. 그리고 또 생각할 것이다. 덧없음을. 아름다움을. 순간을. 그게 내 4월의 의식이다. '덧없음을 받아들이면, 비로소 아름다움이 보인다.' 당신도 올해 벚꽃을 봤나요? 그 순간이 얼마나 짧은지 느꼈나요? 아름다움은 영원하지 않기에 더 소중합니다. 우리 삶의 모든 순간이 그렇습니다.

21 돌탑

이 산 저 산 오를 때면

나는 돌탑을 쌓는다

첫 돌을 놓으며

지나온 길에 감사하고

두 번째 돌을 올리며

앞으로 갈 길에 기원한다

한 돌 한 돌 쌓아 올릴 때마다

삶의 순간들을 세워본다

바람에 흔들리고 때론 무너지기도 하지만

다시 쌓는다

돌탑은 말한다

무너져도 괜찮다고

한 번 더 쌓으면 된다고

멍하니 바라보는 돌탑 사이로

흐르는 산의 속삭임이 들린다

–산길을 걷다가

산길을 걷다 보면 바위 위에 돌탑들이 보인다. 등산객들이 쌓아놓은 돌탑들. 크기와 모양은 제각각이지만 각자의 간절함은 같을 것이다. 나도 어김없이 돌탑을 쌓는다. 첫 번째 돌을 찾는다. 평평한 것. 바닥이 될 돌을 놓는다. "감사합니다. 여기까지 올 수 있어서."

두 번째 돌을 올린다. 조금 작은 돌을. "앞으로도 잘 부탁드립니다." 세 번째 돌. 더 작은 것. 균형을 맞추기가 어렵다. 조심스럽게 올린다. 네 번째. 흔들린다. 떨어질 것 같다. 천천히, 조심스럽게. 균형점을 찾는다. 그리고 손을 뗀다. 아직 무너지지 않았다. 다섯 번째는 포기한다. 완성. 네 개짜리 돌탑. 높지는 않지만 나의 간절함을 담았다.

잠시 돌탑을 바라본다. 한 돌 한 돌이 삶의 순간들 같다. 첫 돌은 과거, 두 번째 돌은 현재, 세 번째는 미래, 네 번째는 희망. 쌓아 올리는 과정이 산다는 것 같다. 균형을 잡으려 애쓰고, 흔들려도 버티고, 두려워하면서도 계속 쌓는 것. 바람이 분다. 돌탑이 흔들린다. 하지만 무너지지 않는다.

옆의 한 탑을 본다. 무너져 있다. 아마 바람에, 아니면 누군가 건드려서. 흩어진 돌들. 한때는 탑이었던 것들. 슬프지만 당연하다. 돌탑은 영원하지 않다. 그래도 사람들은 계속 쌓는다. 무너질 걸 알면서도. 왜일까. 쌓는 행위 자체에 의미가 있어서. 결과가 아니라, 과정. 인생도 그렇다. 우리가 이루는 모든 것은 결국 사라진다. 돈도, 명예도, 성취도. 하지만 그래도 우리는 쌓는다. 무너질 걸 알면서도. 왜냐하면 쌓는 과정이 삶이니까.

돌탑을 다시 본다. 내가 쌓은 것. 언젠가 무너질 것이다. 오늘 밤 폭풍이 오면, 내일 다른 등산객이 건드리면. 하지만 괜찮다. 돌탑은 그렇게 말하는 것 같다. "무너져도 괜찮아. 다시 쌓으면 돼." 돌탑 하나하나가 누군가의 기도다. 누군가의 희망이다. 나도 기도한다. 소리 없이. "무너져도 다시 일어설 수 있는 힘을 주세요."

22 당일치기

가슴속 서류더미가 쌓일 때면

달력을 몰래 넘겨 본다

주어진 단 하루, 훔치듯 떠나는 당일치기

평일 새벽 김포공항을 향하는 발걸음

모두가 출근할 때 나는 탈출 중

회의 테이블 대신 제주 오름에 오른다

바람 소리, 파도 소리

혼자만의 하루, 멍하니 바다를 바라보다

시계도 핸드폰도 내려놓은 채

시간의 굴레를 벗어난 자유인

저녁 비행기 타고 돌아와

아무 일 없었듯이, 내일은 일상으로 돌아가지만

그래도 괜찮아

내 영혼은 아직 제주 바다에 머물러 있으니

−제주 산방산 용머리해안에서

평일. 새벽 4시 알람이 울린다. 동료들이 출근 준비를 할 때, 나는 김포공항으로 향한다. 당일치기 제주 여행. 회사에는 "개인 사정"으로 연차를 냈다. 구체적인 이유는 밝히지 않았다. 사실 특별한 일은 없다. 그냥 지금 이 공간에서 벗어나고 싶었을 뿐.

가슴속에 쌓여 있는 서류 그리고 안 읽은 메일, 안 끝낸 보고서, 안 한 회의. 숨이 막혔다. 달력을 보다가, 오늘 하루만 훔치기로 했다. 아무도 모르게. 새벽 비행기를 타고 7시에 제중에 도착했다. 렌터카를 빌려 목적지도 정하지 않고, 제주도 해안선을 그냥 멍하니 운전한다. 어느새 나도 모르게 산방산 쪽으로 향하고 있었다.

용머리해안에 차를 세우고, 바다와 맞닿은 해안을 걸었다. 파도 소리. 바람 소리. 그게 전부였다. 회의실의 떠드는 소리 대신 바람이, 전화벨 소리 대신 파도가 들렸다. 바위에 앉아서 먼 바다를 그저 바라본다. 잠깐 시계를 보니 9시 30분. 지금쯤 동료들은 회의 중일 것이다. 하지만 이 평온함이 깨질까 봐 핸드폰을 비행기 모드로 전환했다. 완전한 단절.

오늘 하루만큼은 아무에게도 연락받지 않을 것이다. 시간의 굴레를 벗어난 자유인. 점심은 건너뛰었다. 배고프지 않았다. 자유에 배불렀다. 주변 나지막한 오름을 오르며 산책도 하고, 힘들면 카페에 앉아 커피 한 잔에 멍 때리며 시간을 보냈다. 할 일도 없고, 만날 사람도 없고,

가야 할 곳도 없다. 최고의 하루다.

어둑어둑할 즈음 김포 행 비행기를 타고 집으로. 내일은 또 출근하겠지. 어제처럼, 그제처럼. 아무 일 없었던 것처럼. 동료들이 물을 것이다. "어제 어디 갔어?" "그냥 집에 있었어." 거짓말은 아니다. 밤에는 집에 있었으니까. 하지만 진실도 아니다. 진실은 이거다: "나는 벗어났어. 24시간만. 그리고 살아 돌아왔어." 당일치기의 묘미가 이거다. 짧다. 겨우 하루. 하지만 충분하다.

23 | 울산바위

어릴 적부터 지금까지 변함없는 친구

멍하니 울산바위를 바라본다

화강암 몸에 세월의 흔적만 깊어진 채

꼬꼬마 때는 나의 꿈을 들어 주고

커서는 나의 고민을 들어 주고

지금은 나의 고통을 말없이 품어 주는

멀리서 보면 거대한 성곽 같고

가까이서 보면 든든한 벽 같은 너

오늘도 고향에 잠시 와서

너와 대화한다

아무 말도 필요 없는 침묵의 대화

−설악산 울산바위 앞에서

고향 속초에 왔다. 오랜만에. 언제나 같은 자리에 서 있는 울산바위. 나의 오랜 친구다. 나새니얼 호손의 단편소설 '큰 바위 얼굴'에서 어니스트가 큰 바위 얼굴을 닮은 위대한 인물을 평생 기다렸듯이, 나는 어릴 적부터 지금까지 이 울산바위와 대화를 나눠왔다.

초등학교 때 소풍으로 와서 울산바위를 배경으로 친구들과 사진을 찍었다. 고등학교를 졸업하고 처음 고향을 떠날 때도 이곳에 와서 울산바위를 바라봤다. 서울에서 일이 잘 풀리지 않아 힘들 때면 속초로 내려와 울산바위 앞에 앉아 울기도 했다. 그리고 지금, 인생의 2막을 고민하는 시기. 다시 울산바위 앞에 섰다. 변하지 않았다. 수십 년 전 본 그 모습 그대로다.

거대한 화강암 덩어리. 세월의 흔적이 깊어진 것 같기도 하지만, 본질은 그대로다. 그게 위로다. 울산바위를 보며 마음속으로 말한다. "나 왔어. 또." 울산바위는 대답하지 않는다. 하지만 들어주는 것 같다. 늘 그랬듯이.

어릴 때는 울산바위에게 꿈을 말했다. "나는 서울 가서 멋진 사람이 될 거야." 청년이 되어서는 고민을 털어놨다. "대학을 어디로 가야 하지? 무슨 일을 해야 하지?" 지금이 된 지금은 고통을 말한다. "힘들어. 삶이 뭔지 모르겠어. 어떻게 살아야 하는지." 울산바위는 늘 같은 방식으로 대답한다. 침묵으로. 하지만 그 침묵이 대답이다.

"괜찮아. 나는 여기 있어. 흔들리지 않고, 여기 서 있어. 네가 언제

와도, 나는 여기 있을 거야." 믿을 수 있는 친구다. 사람 친구들은 변한다. 멀어지고, 연락이 끊기고, 인생이 달라진다. 함께 사진 찍던 초등학교 친구들은 이제 어디에 있는지도 모른다. 하지만 울산바위는 그대로다. 언제나 그 자리. 든든한 벽처럼. 바위에 손을 댄다. 차갑고 단단하다. 수십 년 동안 이곳에 서서 나를 지켜봐 준 이 바위. "고마워. 변하지 않아줘서."

24 | 세빛섬에서 본 나

뛰는 것을 좋아했는데

이제는 물가에 서서

강물이 흘러가는 것을 본다

반포대교 아래로, 한강 끝으로

세빛섬 조명이 물에 일렁인다

도시의 불빛들이 강물 위에서 춤춘다

내 모습도 함께 물결에 흔들려

어둠 속으로 흐른다

왜 멈춰 섰느냐고 묻는다면

그저 허허 웃을 뿐

세월이 쌓이니 허둥대지 않게 되고

서두르던 발걸음도 느려진다

강물처럼 고통도 기쁨도 결국 지나간다는 것을

이제는 알게 되었다

-한강 세빛섬

동해 바다에서 자란 나는 바다가 보고 싶을 때면 항상 한강으로 간다. 속초에서 태어나 파도 소리를 들으며 자란 나에게 서울 생활은 늘 답답했다. 콘크리트 빌딩 숲 사이에서 숨이 막힐 때면, 한강으로 향한다. 완벽한 대체는 아니지만, 서울에서 찾을 수 있는 가장 비슷한 위안이다.

세빛섬을 보면 고향 속초 앞바다의 조도가 떠오른다. 물 위에 떠 있는 섬, 밤이면 반짝이는 조명. 바다의 짠내는 나지 않지만, 물이 주는 개방감만큼은 비슷하다. 반포대교는 청초호의 청호대교와 닮았다. 다리 위를 걷는 느낌, 물 위에 서 있는 그 감각. 답답할 때, 조깅하고 싶을 때, 나는 이 다리를 건넌다. 그래서 세빛섬과 반포대교 일대가 내게는 고향 앞바다를 대신하는 곳이 되었다.

멍하니 걷는다. 한강변을. 아무 생각 없이, 그저 물을 바라보며. 지칠 때는 벤치에 앉는다. 강물이 흘러가는 것을 본다. 세빛섬 조명이 물에 일렁이는 것을 본다. 그리고 맥주 한 잔을 마신다. 혼자. 아버지 기일 날 고향에 못 갈 때도 있다. 그럴 때면 반포대교 부근으로 온다. 소주 한 병과 담배 한 개비. 강물을 향해 술을 따르고, 연기를 날린다. 변변치 못한 제사지만, 아버지는 이해하실 것이다.

나는 이곳에서 사색을 자주 한다. 과거를 회상한다. 속초 바닷가를 뛰어다니던 어린 시절. 서울로 올라와 허겁지겁 살던 모습. 현재를 돌아본다. 더 이상 뛰지 않는 나. 멍하니 서서 물을 바라보는 나. 미래를 그려본다. 앞으로 몇 년을 더 이곳에 올까. 언젠가 고향으로 돌아갈까.

세빛섬 조명이 물에 비친다. 내 모습도 함께 흔들린다. 빛과 함께 흐르고, 어둠 속으로 사라진다. 강물은 쉬지 않고 흐른다. 반포대교 아래로, 한강 끝으로. 멈추지 않고. 나도 그렇다. 흘러간다. 과거에서 현재로, 현재에서 미래로. 고통도 기쁨도 함께 흘러간다. 세월이 쌓이니 허둥대지 않게 되었다. 서두르던 발걸음도 느려졌다.

25 | 내 마음의 꽃은 언제 피려나?

내 맘속에 잠든 꽃씨를 멍하니 바라본다

언제쯤 싹을 틔울까?

봄이 와도 피지 않고

여름 햇살에도 움츠러든 채

가을 바람 스쳐가고

겨울 눈이 내려앉아도

창가에 앉아 하늘을 올려다본다

때론 너무 애쓰는 마음이

꽃씨를 더 깊이 묻어버리는 건 아닐까

숨이 멈추기 직전

마지막 한 방울 눈물에

꽃잎이 젖어 피어날까

아니면 그저 기다림을 놓아버릴 때

스스로 피어날까

-한강 잠원지구 스타벅스에서

잠원동 한강 지구 스타벅스. 혼자 앉아 창밖으로 흐르는 한강을 바라본다. 커피를 마시며 나에게 묻는다. "나는 뭘 하고 싶은 걸까?" 여전히 잘 모르겠다. 어릴 적에는 꿈이 많았다. 공학 박사, 파일럿, 대통령, 역사 선생님, 작가. 매년 바뀌었다.

하지만 그건 진짜 꿈이 아니었다. 그냥 어른들이 물어서 대답한 것. 진짜 내가 하고 싶었던 건 뭐였을까. 그때도 몰랐고, 지금도 모른다. 문제는 지금도 여전히 내 길을 찾지 못했다는 것이다. 마음속에 꽃씨가 있는 것 같다. 뭔가 움트려는 느낌. 하지만 아직 싹도 나지 않았다.

왜일까. 너무 애쓰는 걸까. "빨리 뭔가 돼야 해", "성공해야 해". 그 압박이 꽃씨를 더 깊이 묻어버리는 건 아닐까. 아니면 아직 때가 안 된 걸까. 꽃도 계절이 있듯이, 내 꽃도 제 시간이 있는 건지도 모른다.

한강을 본다. 물이 흐른다. 멈추지 않고 흐른다. 나도 흐르고 있다. 멈춘 것 같지만, 사실은 시간과 함께 흘러가고 있다. "아직 젊어. 뭐든 할 수 있어." 하지만 사실 그렇게 젊지는 않다. "아직 늙지 않았어. 포기하기엔 일러." 하지만 사실 시간은 많지 않다.

마음이 조급하다. "빨리 해야 해. 시간이 없어." 하지만 꽃은 재촉한다고 일찍 피는 게 아니다. 땅속에서 천천히 뿌리를 내리고, 때가 되면 저절로 올라온다. 어쩌면 기다림을 내려놓아야 할 때인지도 모른다.

"빨리 꽃이 되어라" 강요하는 대신, 그냥 내버려 두는 것. 제 속도로 자라게.

놓아버릴 때, 기대를 내려놓을 때, 오히려 스스로 움틀지도 모른다. 확신할 수는 없다. 하지만 한 가지는 안다. 꽃씨는 거기 있다는 것. 내 마음속에 분명히 있다는 것. 언젠가는 때가 올 것이다. 언제인지는 모르지만. 그때까지 기다린다. 조급해하지 않고. 억지로 캐내지 않고. 한강 물처럼, 그냥 흐른다. 내 시간대로.

26 | 빈자리

맞은편 빈자리를 멍하니 바라본다

커피 두 잔을 시킬 뻔했다

그대가 올 것만 같아서

창문에 비친 내 모습에 혼자 그저 웃고 있네

그림자와 대화하는 쓸쓸한 손님처럼

소녀처럼 수줍은 그대가 이 자리에 앉는다면

가슴속 숨겨 놓은 하고 싶은 말들

케이크는 녹고 커피는 식어가는데

그대는 오지 않고 그저 내 마음도 식어가네

기다림인 줄 알지만

빈자리를 물끄러미 바라보며

텅 빈 의자에 꿈을 걸어 두고

다음 생에는 우연히라도

이 자리에 함께 앉을 수 있기를

–압구정 쇼토에서

봄햇살이 따스하게 쏟아지는 주말 오후. 혼자 카페에 앉아 있기 좋은 날이다. 압구정 쇼토에 들어서며 습관처럼 2인 테이블을 찾았다. 1인석도 있는데, 왜인지 항상 2인 테이블에 앉는다. 아마도 마음 한구석에서 누군가가 오기를 바라는 걸까. 아메리카노를 주문하고 창가 자리에 앉았다. 맞은편 의자가 비어있다.

커피를 한 모금 마시고, 문득 웃음이 났다. 커피 두 잔을 시킬 뻔했다. 왜 그랬을까. 혼자인데. 그렇다. 혼자이다. 하지만 이상하게도 완전히 혼자인 것 같지는 않았다. 맞은편에 누군가가 앉아있는 것 같은 기분. 말은 없지만 함께 있는 것 같은 느낌.

지금 이 맞은편 의자에는 그녀가 앉아있다. 아니, 정확히는 내가 상상하는 그녀가. 수줍게 웃으며 커피를 마시고, 가끔 창밖을 바라보고, 그러다 나와 눈이 마주치면 또 수줍게 웃는. "만약 그때 용기를 냈더라면" 하지만 인생에 '만약'은 없다. 내가 만들어낸 가능성의 세계는 현실이 아니다. 지금 이 순간, 그녀는 어디선가 자기 삶을 살고 있을 것이다. 나를 기억이나 할까.

창밖을 본다. 지나가는 사람들. 모두 어딘가로 향하고 있다. 누군가를 만나러 가거나, 누군가와 함께 걷거나. 나는 여기 앉아서 없는 사람을 기다린다. 오지 않을 사람을. 커피가 식어간다. 시간은 흘러가고, 의자는 여전히 비어있다.

하지만 이상하게도 외롭지는 않다. 이 기다림이, 이 상상이 때로는 현실보다 더 따뜻하다. 거절당할 걱정도 없고, 상처받을 일도 없고, 그저 완벽한 만남을 꿈꿀 수 있으니까. 카페를 나서며 뒤돌아봤다. 의자가 여전히 비어있다. 언제나처럼. 다음에 또 이 카페에 오면, 또 저 자리에 앉을 것이다. 또 커피 두 잔을 시킬 뻔하고, 또 맞은편을 바라보고, 또 그녀를 떠올릴 것이다.

그게 내 방식이다. 사랑하는 방식. 말하지 못한 사랑, 이루어지지 않을 사랑, 하지만 가슴속에서는 여전히 뜨거운 사랑.

27 | 영정사진

카메라 앞에 서니 이상하게 웃음이 나온다

언젠가 쓰일 나의 마지막 얼굴인데

아버지가 너무 일찍 떠나셨고

나도 이제 그 나이에 닿았다

시간은 이렇게 원을 그리며 다가오고 있다

"환하게, 더 환하게 웃으세요"

사진사의 말에 웃음 지어 보지만

얼굴 주름에 접혀 있는 건 세월의 무게

스튜디오 조명 아래

멍하니 허공을 바라보며

지나온 시간을 되돌아본다

아쉬움도, 후회도 이 한 장에 담아

살아있는데 죽음을 예행연습하는

이 웃긴 순간이

왠지 모를 마음의 평온함을 가져다 준다

내 사진 속 얼굴은 아버지를 닮아가고 있다

어느새 아들은 아버지가 되어

오늘의 이 사진이

언젠가 누군가의 기억이 될 테지만

지금은 그저 서랍 속에 잠들어 있을 것이다

카메라 앞에 서서

가장 밝은 웃음을 지어 본다

살아갈 날들을 위한 리허설처럼

–홍대 시연하다에서

홍대 "시연하다"라는 프로필 사진관. 오늘은 남다른 사진을 찍으러 왔다. 언제일지는 모르지만 죽는 날을 위한 사진을. 사진사가 말한다. "편하게 앉으세요." 하지만 나는 아직 말하지 못했다. 이 사진이 내 장례식에 쓰일 영정사진이라는 것을. 웃음이 나온다.

살아있는데 죽음을 준비하는 이 상황이. 사진사가 또 말한다. "환하게, 더 환하게 웃으세요." 웃는다. 최대한 환하게. 이게 내 마지막 얼굴이 될 수도 있다는 생각. 사람들이 장례식장에서 볼 내 모습. 아버지가 돌아가셨을 때가 떠오른다. 급하게 찾은 게 가장 최근의 증명사진이었다. 더 젊고, 건강하고, 환하게 웃는 사진을 찾을 수가 없었다.

아버지는 55세에 갑자기 돌아가셨다. 예고도 없이. 그 나이에 점점 다가가니, 불쑥 생각했다. 혹시 모를 일을 위해 미리 찍어두자고. 삶의 정점이 되는 지금, 적어도 아버지와 비슷한 나이일 때. 나도 그럴 수 있겠다는 생각. 갑자기 떠날 수 있다는.

그래서 오늘, 이 사진을 찍는다. 스튜디오 조명이 밝다. 얼굴이 환하게 드러난다. 주름도, 점도, 다 보인다. 사진사가 화면을 보며 말한다. "표정이 좋네요. 밝아 보이세요." 나의 죽음을 담담하게 생각하니 밝은 걸까. 나에게 묻는다. 하지만 계속 웃는다. 억지로라도. 영정 사진은 웃어야 한다. 슬픈 표정으로 찍으면, 장례식장이 더 슬퍼지니까. 산 사람을 위한 배려. 죽은 사람의 마지막 선물.

화면에 비친 내 모습. 웃고 있다. 이게 내 마지막 모습이구나. 사진사가 묻는다. "괜찮으세요? 다시 찍을까요?" "아니요. 이게 좋네요." 만족한다. 이 표정. 집에 가서 서랍 속 깊숙한 곳에 넣어두었다. 언젠가 누군가 이 서랍을 열 것이다. 내가 죽으면. 그리고 이 사진을 꺼낼 것이다. 장례식장에 걸릴 것이다. 문상 온 사람들이 볼 것이다. "웃고 있네. 밝은 사람..."

28 | 기다림

길을 걷다 잠시 벤치에 앉아

하늘을 멍하니 바라본다

삶이란 기다림의 연속

놓친 버스 대신 다른 버스를 기다리듯

한 번의 실패 후에 또 다른 기회를 기다리듯

어릴 적 시험 결과를 기다리던 수많은 밤들

창문에 비친 내 그림자와 별빛만이 친구였고

합격 소식을 기다리던 가을은

낙엽보다 더 많은 탈락의 통지로 바닥을 채웠다

사랑했던 이들을 하늘로 보내고

다시 만날 날을 애타게 기다리지만

구름은 내 마음과 달리 빠르게 흘러가는구나

내게 기다림이란

모래시계 속 모래알처럼

차곡차곡 쌓이는 시간이자

어느새 비어 버린 희망의 흔적

스쳐 지나간 인연과

다음 생에 만남을 기약하는 마음으로

오늘도 내일도 살아가는 이유가 된다

벤치에 새겨진 연인의 이름처럼

시간이 흘러도 지워지지 않는 것은

기다림이 남긴 가슴속 흔적뿐

오늘도 누군가를 기다리며

벤치에 홀로 앉아

멍하니 하늘을 바라본다

그리고 문득 깨닫는다

기다림 자체가 삶이었음을

-응봉산에서

응봉산 벤치. 혼자 앉아 하늘을 본다. 구름이 흐른다. 빠르게. 나는 기다리고 있다. 뭘? 모르겠다. 그냥 뭔가를. 삶은 기다림이다. 어릴 때는 시험 결과를 기다렸다. 성적표 받는 날, 떨리는 손으로 봉투를 열었다.

대학생 때는 합격을 기다렸다. 취업, 대학원, 장학금. 수없이 지원하고, 수없이 기다렸다. 그리고 대부분 떨어졌다. 직장인 때는 승진을 기다렸다. 동기들은 올라가는데, 나는 제자리. 언제쯤 내 차례일까. 지금은? 뭘 기다리나. 기회를. 변화를. 기적을.

하지만 오지 않는다. 버스처럼. 놓치고 나면, 다음 버스를 기다린다. 하지만 그 버스도 지나간다. 아버지를 기다린다. 돌아가신 지 10년. 하지만 아직도 기다린다. 다시 만날 날을. 천국이 있을까. 내세가 있을까. 다시 만날 수 있을까. 모르겠다. 하지만 기다린다. 어머니도 기다린다. 언젠가 올 그날을. 나도 가야 할 그곳을.

기다림은 고통이다. 불확실하니까. 올지 안 올지 모르니까. 언제 올지 모르니까. 하지만 기다림은 희망이기도 하다. "아직 안 왔어. 하지만 올 거야." 그 믿음. 기다림이 없으면 살 수 없다. 모래시계를 본다. 모래가 떨어진다. 차곡차곡. 시간이 쌓인다. 기다림이 쌓인다. 그러다 모래시계가 비면? 끝. 희망도 비었다.

벤치를 본다. 나무에 이름이 새겨져 있다. 영수♡미선. 연인들이 새긴 것. 언제? 몇 년 전? 10년 전? 20년 전? 지금 그들은 어디 있을까. 여전히 사랑할까. 헤어졌을까. 결혼했을까. 모르겠다. 하지만 이름은 남았다. 기다림의 흔적.

나는 무엇을 남길까. 내 기다림의 흔적은. 하늘을 본다. 구름은 계속 흐른다. 빠르게. 내 기다림보다 빠르게. 시간도 흐른다. 내 기다림보다 빠르게. 그리고 문득 깨닫는다. 기다림 자체가 삶이었다는 것을. 우리는 평생 기다린다. 뭔가를. 누군가를. 언젠가를. 그리고 결국 죽는다. 기다리다가. 하지만 괜찮다. 기다림이 삶이니까. 기다리는 과정이 살아있다는 증거니까.

29 | 모르시나요

우연히 앉게 된 소녀의 옆자리를

멍하니 바라본다

다시 내 가슴에 꽃이 피어나는 순간

소녀의 해맑은 미소

수줍게 숙인 고개

눈이 마주칠 때마다

시간은 잠시 멈춰 섭니다

소녀를 몰래 바라보며

내 기다림을 왜 모르시나요

내 마음 알 듯 모르는 척

살짝 건넨 미소에

하루의 모든 그림자가

봄볕처럼 사라집니다

첫눈이 여러 해 스쳐 가도

소녀의 그림자만 좇는 나를

모르시나요, 알고 계신가요

알면서도 모르는 척 하시나요

평행선 같은 우리 사이

함께 앉은 테이블처럼

가까이 있어도

닿을 수 없는 거리

다음 생의 기약 말고

지금 이 순간 소녀의 손을 잡고 싶은

작은 용기를 위해

오늘도 소녀를 생각하며 노래를 들어 봅니다

소녀는 알고 계신가요

내 가슴에 피어난 꽃을

─어딘가에서

누군가 옆에 앉았다. 돌아보니 그녀였다. 언제부터일까? 기억 안 난다. 어느 순간부터 눈에 들어오기 시작했다. 미소, 목소리, 걸음걸이. 모든 게 '심쿵'했다. 옆자리에 앉은 그녀. 고개를 돌려 나를 본다. 눈이 마주친다.

말을 걸고 싶다. "오늘 날씨 좋네요" 같은 평범한 한마디라도. 하지만 입이 떨어지지 않는다. 그녀가 미소 짓는다. 그 미소에 내 하루의 모든 피로가 사라진다. 잠시 후 일어선다. 가벼운 손인사. 그리고 떠난다. 나는 혼자 남는다. 하지만 가슴이 뛴다. 꽃이 핀 것 같다.

'그녀는 알까. 내 마음을. 모를 것이다. 아니, 알까.' 여자들은 다 안다고 하던데. 알면서 모르는 척하는 걸까. 아니면 정말 모르는 걸까. 시에 '내 기다림을 왜 모르시나요'라고 썼다. 마음속으로 외친다. 하지만 입 밖으로는 안 나온다. 용기가 없다. 평행선. 우리를 그렇게 표현할 수 있을 것 같다. 같은 방향으로 가지만, 절대 만나지 않는 두 선.

가까이 있지만, 닿을 수 없는 거리. 왜? 용기가 없어서. "커피 한잔 하실래요?" 그 한 마디가 안 나온다. 두렵다. 거절당할까 봐. 어색해질까 봐. 지금 이 미묘한 관계마저 잃을까 봐. 그래서 기다린다. 언젠가 자연스러운 기회가 오기를. 저절로 가까워지기를. 하지만 그런 날은 오지 않는다.

계절이 지나간다. 첫눈이 온다. 겨울이 지나고 봄이 온다. 다시 여름. 시간은 흐르는데, 우리는 여전히 평행선. 어느 날 문득 깨달았다. '이대로 평생 평행선일 수도 있다는 것을. 말 한마디 건네지 못하고 끝날 수도 있다는 것을.' 그래도 괜찮을까. 아니다. 괜찮지 않다. 하지만 여전히 용기가 없다. 오늘도, 내일도.

그녀의 그림자만 좇는다. 멀리서 바라보고, 우연히 마주치기를 바라고, 옆자리에 앉기를 기도한다. 이런 나를 비겁하다고 할까. 맞다. 비겁하다. 하지만 이것도 사랑이다. 말하지 못한 사랑, 닿지 못할 사랑, 하지만 가슴속에서는 뜨거운 사랑. '소녀는 알고 계신가요. 내 가슴에 피어난 꽃을.' 노래 가사처럼, 나도 묻는다. 하지만 대답은 없다.

모를 것이다. 아마도 평생 모를 것이다. 하지만 어쩌면 괜찮다. 좋아하는 것만으로도 행복하니까. 멀리서 바라보는 것만으로도 하루가 달라지니까. 언젠가 용기를 낼 수 있을까. 그 한마디를 할 수 있을까. 모르겠다. 하지만 기다린다. 오늘도. '가까이 있지만 닿을 수 없는, 이 달콤한 고통.' 당신에게도 그런 사람이 있나요? 그렇다면 당신도 압니다. 이 마음을.

30│거울 속 나

아침마다 만나는 거울 속 나와

오늘도 눈을 마주친다

세월의 친구와 악수하듯

어릴 적 반짝이던 눈빛은

우주를 삼킬 듯 빛났었지

두려움 모르던 그 소년은

어느 주름 골짜기에 숨었나

첫 넥타이를 매던 날

CEO를 꿈꾸던 스물일곱의 나는

주문처럼 외웠다

"할 수 있다, 쫄면 지는 것이다"

거울은 비웃지도 않고 그저 고개를 끄덕였다

세월은 머리카락부터

서리 내리듯 하얗게 물들이고

이마의 주름은 인생 지도의

산맥과 계곡이 되었다

거울은 거짓말을 할 줄 모른다

진실의 무게만 반사할 뿐

젊음의 패기는 어디로 갔을까

소주 잔에 담겨 사라졌나

승진의 계단에서 미끄러졌나

거울 속 이 낯익은 타인을

멍하니 바라본다

바람 앞에 꺾이지 않고

폭풍우에 뿌리째 뽑히지 않은

오래된 소나무처럼

내 안에 자리 잡은 고통의 나이테들

하나씩 쌓일 때마다 단단해진 심장

거울은 속삭인다

"자신감은 물러났을지 몰라도

인내의 창고는 가득 찼다"

젊음의 꽃은 지고

지혜의 열매가 영글었다

삶의 고통은 얼굴에 흔적을 남겼지만

그 흔적들이 모여 내가 되었다

주름 하나마다 벌어진 전쟁의 기록

백발 한 올마다 새겨진 시간의 무게

거울 속 나는 오늘도

새로운 하루를 시작하기 위해

조용히 고개를 끄덕인다

다시 한번, 쫄지 않고

-아침 거울 앞에서

새벽. 늘 변함없이 찬물로 샤워를 한 후 욕실 거울 앞에 선다. 세수를 하고 거울을 본다. 나를 잠시 바라본다. 하지만 가끔 낯설 때가 있다. 거울 속 사람이 정말 나인가. 16살 꿈 많던 청년이 어느새 머리카락에 흰머리가 보인다. 언제 생겼지. 아니다. 어제도 있었다. 그냥 못 봤을 뿐.

이마에 주름도 있다. 가로로. 찌푸렸을 때 생기는 주름. 눈가에도 주름. 웃을 때 생기는 주름. 많이 찌푸렸나 보다. 많이 웃었나. 기억이 나지 않는다. 요즘은 별로 안 웃는데. 거울 속 나는 누구인가. 어릴 적 나를 떠올린다. 여덟 살. 초등학교 입학. 반짝이는 눈. 웃는 얼굴. "나는 뭐든지 될 수 있어!" 그렇게 믿었다.

스물일곱. 첫 직장. 첫 넥타이. 정장을 입고. 자신감 넘치는 표정.

"할 수 있다. 쫄면 지는 거다." 주문처럼 외웠다. 그리고 지금. 거울을 본다. 피곤한 얼굴. 지친 눈. "나는 누구인가." 묻는다. 거울은 대답하지 않는다. 그저 반사할 뿐.

젊음은 어디 갔나. 패기는, 자신감은, 꿈은. 소주잔에 담겨 사라졌나. 승진 계단에서 미끄러졌나. 하지만 거울 속 나를 자세히 본다. 주름이 있다. 맞다. 하지만 그 주름은 내 이야기다. 이마 주름. 고민한 흔적. 밤새 찌푸린 날들. 눈가 주름. 웃으려 했던 순간들. 흰머리. 살아온 시간의 증거.

이게 다 나다. 나무의 나이테처럼. 한 해 한 해 쌓인 것들. 고통도 있었고, 기쁨도 있었고, 그 모든 것이 나를 만들었다. 거울이 속삭이는 것 같다. "자신감은 줄었을지 몰라. 하지만 인내는 늘었어. 패기는 사라졌을지 몰라. 하지만 지혜가 생겼어."

맞다. 스물일곱의 나는 용감했다. 하지만 무모했다. 아무것도 몰랐다. 지금의 나는 조심스럽다. 하지만 현명해졌다. 삶과 고통 속에서 많은 것을 배웠다. 젊음의 꽃은 졌다. 하지만 지혜의 열매가 열렸다. 거울 속 나에게 말한다. "안녕. 낯선 친구. 아니, 낯익은 친구."

내가 만난 등불들

-삶의 길에서 만난 인연들

만남의 빛

세상에서 모자가 가장 잘 어울리는 소녀

그 아래 숨겨진 해맑은 눈동자

수줍음의 꽃잎처럼 펼쳐지는 깨알 배려

도시의 소음 속에서도

소녀만의 고요함을 지키는 차분한 영혼

혼란의 파도가 내 삶을 덮칠 때마다

소녀의 맑은 미소는 숲속의 작은 횃불이 되어

어둠에 갇힌 나를 비춘다.

나의 모든 고통은 작아지고

삶의 무게가 가벼워지는 마법

수줍은 인사 한 마디에도

겨울 끝에 핀 매화처럼

내 마음에 봄을 데려오는 소녀

오늘도 소녀를 만나러 가는 길

고통의 미로에서 우연히 만난 소녀에게

말하지 못한 감사를 마음속에 담는다

삶의 고통이 정점에 달했을 때, 우리는 큰 해결책을 찾으려 한다. 하지만 실제로 우리를 구원하는 것은 작고 조용한 일상 속의 따스함이다.

소녀를 처음 만난 것은 그런 시기였다. 회사에서의 갈등, 개인적인 좌절들이 겹겹이 쌓여 숨쉬기조차 힘들던 때. 우연히 만난 소녀의 수줍은 미소가 그날따라 유독 눈에 들어왔다. 그녀는 특별한 말을 하지 않았다. 그저 모자 아래 숨은 맑은 눈동자로 조용히 미소 지었을 뿐이다.

하지만 그 순간, 내 안의 어둠이 조금 걷히는 것을 느꼈다. 마치 깊은 동굴 속에 작은 햇살이 비집고 들어온 것처럼. 삶에서 필요한 것은 거창한 해법이 아니라 작은 위로다. 누군가의 진심 어린 미소, 배려하는 눈빛, 조용한 존재감. 소녀는 그런 것들을 자연스럽게 전하는 사람이다.

시에 '수줍음의 꽃잎처럼 펼쳐지는 깨알 배려'라고 썼다. 소녀의 배려는 화려하지 않다. 오히려 조용하고 겸손하다. 하지만 그 작은 배려들이 모여 누군가의 하루를 지탱한다. 복도에서의 짧은 인사, 엘리베이터에서의 미소, 회의실에서의 따뜻한 눈빛. 이런 것들이 고통받는 이에게는 생명줄이 된다.

'도시의 소음 속에서도 소녀만의 고요함을 지키는 차분한 영혼'이
라는 표현에 오래 머물렀다. 현대 사회는 시끄럽다. 경쟁의 아우성, 성
공의 압박, 비교의 소음이 끊임없이 우리를 괴롭힌다. 그 속에서 자신
만의 고요함을 지킨다는 것은 쉽지 않다. 하지만 소녀는 그것을 해낸
다.

이 시를 쓰면서 깨달았다. 우리가 고통의 시기에 만나는 사람들은
우연이 아니라는 것을. 어둠이 짙을 때, 그 어둠을 견디게 해주는 작은
빛들이 반드시 나타난다. '말하지 못한 감사를 마음속에 담는다'는 마
지막 구절은 내 솔직한 고백이다. 정작 소녀에게 직접 말하지 못한 감
사의 마음이 많다. 당신의 미소가 나를 살렸다고, 당신의 존재가 내게
희망이었다고.

시는 말할 수 없는 것들을 담는 그릇이다. 일상에서 전하지 못한 감
사, 숨겨둔 감정, 깊은 곳의 진심을 시에 담아 조용히 전한다. 소녀가
이 시를 읽을지는 모르겠다. 하지만 언젠가 소녀가 알았으면 한다. 소
녀의 작은 미소가 누군가의 큰 위로였다는 것을.

삶과 고통이 공존하는 삶을 살며 배운 것이 있다. 세상을 구원하는
것은 거대한 사건이 아니라 작은 친절이라는 것. 소녀는 내게 그런 영
웅이다. 화려하지 않지만 확실한, 조용하지만 강력한, 작지만 위대한
빛.

02 | 부암동

고향이 생각날 때마다 부암동으로 간다

부암동에서 인왕산 기차바위를 바라보며

잠시 고향에 온 편안함을 느끼고 내려간다

삶의 고통을 잠시 잊게 해 주는 부암동

그리고 이곳 부암동엔 찐동생이 살고 있다

인왕산과 북악산을 함께 볼 수 있는 이곳

성장통을 씩씩하게 잘 이겨낸 동생

오늘도 그리고 내일도 잘 지내고 있을까?

소식이 궁금하여 휴대폰을 만지작거리지만

"너는 언제나 그랬듯 잘 이겨낼 거야"

그렇게 나는 찐동생을 믿는다

마음의 고향

설악산과 동해바다가 보이는 곳에서 태어난 나에게 서울은 답답한 빌딩숲이다. 그런 내게 부암동은 아주 특별한 의미를 주는 공간이다. 부암동은 서울 한복판에 있으면서도 시간이 천천히 흐르는 곳이다.

인왕산 기차바위를 올려다보면 마음이 차분해진다. 도시의 소음과 번잡함에서 잠시 벗어나 숨을 고를 수 있는 곳. 그곳이 바로 내게 부암동이다.

그리고 그곳엔 동생이 있다. 찐동생이라 부르는 그는 혈육은 아니지만 가족보다 가까운 사람이다. 삶을 살며 배운 것이 있다면, 가족은 피로만 결정되는 것이 아니라는 것이다. 진정한 가족은 함께 아파하고 함께 웃으며, 서로의 삶을 지탱해주는 사람들이다.

찐동생을 처음 만난 건 MBA에서였다. 많이 어렸지만, 어른스럽고, 바른 동생이었다. 당시 동생은 무거운 성장통을 겪고 있었다. 젊은 나이에 감당하기 힘든 시련들. 하지만 동생은 씩씩했다. 넘어져도 다시 일어서고, 상처받아도 다시 웃으며, 절망 속에서도 희망을 잃지 않았다. 그 모습을 보며 나도 항상 힘을 얻었다.

시에 '오늘도 그리고 내일도 잘 지내고 있을까?'라고 썼다. 사실 동생에게 자주 연락하지 못한다. 바쁜 일상, 각자의 삶, 시간의 흐름이 그렇게 만들었다. 하지만 마음 한구석엔 늘 동생이 있다. 잘 지내고 있을까, 행복할까, 힘든 일은 없을까.

'휴대폰을 만지작거리지만'이라는 구절엔 현대인의 소통 방식에 대한 아이러니가 담겨있다. 연락하고 싶지만 섣불리 하지 못하는 마음.

부담을 주고 싶지 않은 배려. 그래서 휴대폰을 들었다 놓기를 반복한다.

하지만 결국 "너는 언제나 그랬듯 잘 이겨낼 거야" 그렇게 나는 찐동생을 믿는다. 이것이 진정한 신뢰다. 항상 옆에서 확인하지 않아도, 매일 연락하지 않아도, 그 사람이 자신의 길을 잘 걸어가고 있다고 믿는 것.

부암동이 내게 특별한 이유는 단순히 경치가 좋아서가 아니다. 그곳에 찐동생이 있고, 그와 함께한 기억들이 있고, 동생이 보여준 단단함과 따뜻함이 스며있기 때문이다. 인왕산 기차바위를 볼 때마다 동생이 생각나고, 동생이 잘 지내고 있을 거라 믿으며, 나도 힘을 낸다.

지금의 나이가 되어 깨달은 것이 있다. 고향이란 태어난 곳이 아니라 마음이 편한 곳이라는 것. 그리고 가족이란 혈연이 아니라 마음으로 연결된 사람들이라는 것. 부암동과 찐동생은 내게 그런 의미다. 마음의 고향이자 또 하나의 가족.

03 | 딱 한 잔만 더

오늘도 딱 한 잔만 더

내일도 딱 한 잔만 더

너는 딱 한 잔만 먹자고 하지만 이미 3차

너무 힘들지만 네가 밉지 않다.

그래 좋다 오늘도 한 잔만 더더더!

세월은 내 체력을 앗아갔지만

네 웃음은 여전히 술잔에 파문을 일으키고

그 파문은 삶의 고단함을 씻어낸다.

피곤함을 덮어두고

네 권유 앞에 무장해제되는 밤

한 잔의 마법은 이렇게

피로의 시간을 추억의 공간으로 바꾸고

오늘 밤 또 하나의 좋은 기억을 남긴다.

한 잔의 위로

사회생활에서 술은 복잡한 의미를 갖는다. 젊었을 때처럼 취하기 위해 마시는 것도 아니고, 그렇다고 완전히 끊을 수도 없다. 오히려 술은 하루의 긴장을 풀고, 동료들과 진심을 나누며, 잠시 현실을 잊게 해주는 매개체가 된다. 이 녀석과의 술자리가 그렇다.

'딱 한 잔만 더'는 거짓말이다. 그 녀석도 알고 나도 안다. 한 잔이 두 잔이 되고, 두 잔이 석 잔이 되며, 어느새 3차까지 가 있다. 하지만 그게 싫지 않다. 오히려 그 순간이 즐겁다. 내일 아침의 숙취보다 오늘 밤의 웃음이 더 소중하다고 느끼는 시간들.

시에 '너무 힘들지만 네가 밉지 않다'고 썼다. 솔직한 고백이다. 다음 날 회의가 있어도, 몸이 피곤해도, 너의 권유를 거절하기 어렵다. 그 이유는 단순하다. 너와 함께하는 무리들과 시간이 나에게 치유가 되기 때문이다. 술잔 너머로 나누는 대화, 함께 터지는 웃음, 서로의 고민을 나누는 순간들이 일상의 고단함을 잊게 만든다.

'세월은 내 체력을 앗아갔지만'이라는 구절엔 지금의 현실이 담겨 있다. 이십 대처럼 밤새 술을 마실 수도 없고, 삼십 대처럼 다음 날 멀쩡할 수도 없다. 몸은 예전 같지 않다. 하지만 그럼에도 불구하고 술자리를 마다하지 못하는 이유는 그곳에서 얻는 정서적 위로가 신체적 피로보다 크기 때문이다.

'네 웃음은 여전히 술잔에 파문을 일으키고'라는 표현은 너의 존재가 내게 어떤 의미인지 보여준다. 너의 웃음은 전염성이 있다. 무거운 마음으로 앉았다가도 너의 웃음소리를 듣는 순간 나도 모르게 미소를 짓게 된다. 그 웃음이 술잔에 파문을 일으키고, 그 파문이 내 마음의 고단함까지 씻어낸다.

'피곤함을 덮어두고 네 권유 앞에 무장해제되는 밤'은 우정의 본질을 담고 있다. 진정한 친구 앞에서는 방어막을 내려놓게 된다. 평소에 유지하던 강함, 체면, 자존심 같은 것들을 잠시 내려두고 솔직한 나 자신으로 돌아갈 수 있다. 술자리의 진정한 의미는 술을 마시는 것이 아니라 마음을 나누는 것이다.

회사에서 억눌렀던 감정, 집에서 표현하지 못한 고민, 혼자 삼켰던 좌절감들을 술잔 너머로 조금씩 털어놓는다. 그리고 상대도 자신의 이야기를 꺼낸다. 이렇게 서로의 짐을 나눠 지며 조금 더 가벼워진다.

'한 잔의 마법은 이렇게 피로의 시간을 추억의 공간으로 바꾸고'라는 구절은 술자리가 갖는 변형의 힘을 말한다. 힘들고 피곤했던 하루가 술 한 잔과 함께 추억으로 재탄생한다. 고단했던 순간들이 웃음과 함께 재해석되고, 괴로웠던 일들이 농담의 소재가 된다.

지금이 되어 깨달은 것이 있다. 건강을 위해서는 술을 줄여야 하지만, 정신 건강을 위해서는 때로 이런 술자리가 필요하다는 것. 그리고 그 술자리의 질은 누구와 마시느냐에 달려있다는 것. 그 녀석과 그 무리들과의 '딱 한 잔만 더'는 내게 그런 의미다.

천하를 삼켜 버릴 듯하게, 껄껄껄

사무실 구석구석 울려 퍼지게, 껄껄껄

누구에게도 굴하지 않게, 껄껄껄

저음의 바위처럼 단단한 목소리

빽빽한 회의실도 흔들어 놓는 웃음

게으른 천재의 여유로운 발걸음

그러나, 껄껄껄에 세월의 흔적이 묻어난다

오십을 넘은 웃음소리에 스며든 시간의 무게

내 어깨를 두드리던 그 손길

내 귓가에 늘 울려 퍼지던 그 목소리

세월이 흘러도 변함없었으면 한다

껄껄껄

웃음의 무게

'껄껄껄'이라는 웃음소리에는 묘한 힘이 있다. 그것은 단순한 웃음이 아니라 삶을 대하는 태도이며, 세상과 맞서는 방식이며, 고통을 견디는 방법이다. 그의 웃음이 그렇다.

처음 그의 웃음을 들었을 때, 나는 놀랐다. 사무실 구석구석을 울려 퍼지는 그 웃음은 천하를 삼킬 듯 거침이 없었다. 누구에게도 굴하지 않는, 어떤 상황에서도 흔들리지 않는 단단함이 그 웃음 속에 있었다. 시에 '저음의 바위처럼 단단한 목소리'라고 표현했다. 그의 웃음은 정말 그랬다. 표면적으로는 가볍게 들리지만, 그 안에는 오랜 세월 쌓인 지혜와 경험이 담겨있었다. 마치 폭풍우를 수없이 견뎌낸 바위처럼 단단한 웃음이었다.

'게으른 천재'라는 표현이 그에게 딱 맞았다. 남들이 머리를 싸매고 고민할 일을 그는 여유롭게 풀어냈다. 서두르지 않고, 조급해하지 않으며, 자신의 페이스를 유지하면서도 결과는 완벽했다. 그것이 진짜 실력이라는 것을 나는 그를 통해 배웠다.

하지만 '껄껄껄에 세월의 흔적이 묻어난다'고 쓴 것은 솔직한 관찰이었다. 오십을 넘긴 그의 웃음소리에는 젊은 시절과는 다른 무게가 실려 있었다. 여전히 거침없지만, 그 속에 인생의 무게, 시간의 흔적, 경험의 깊이가 스며있었다.

세월이 흐르면 웃음도 변한다는 것을 나는 그를 통해 알았다. 젊었을 때의 웃음은 가볍고 즉흥적이지만, 나이가 들면서 웃음에도 깊이가 생긴다. 기쁨만이 아니라 고통을, 성공만이 아니라 실패를, 희망만이 아니라 좌절을 모두 겪어낸 사람의 웃음은 다르다.

'내 어깨를 두드리던 그 손길, 내 귓가에 늘 울려 퍼지던 그 목소리'는 내 기억 속에 여전히 생생하다. 힘들 때마다 그가 건네던 격려, 지칠 때마다 들려주던 웃음, 넘어질 때마다 일으켜 세워준 그 손길. 이런 것들이 나를 지금까지 오게 만들었다.

시간이 흐르면 사람들은 변한다. 하지만 변하지 않았으면 하는 것들도 있다. 그의 '껄껄껄'이 그렇다. 세월이 흘러도, 상황이 바뀌어도, 그 웃음만큼은 변함없이 우리 곁에 있기를 바란다.

지금이 되어서야 깨달은 것이 있다. 진정한 강함은 소리 지르는 것이 아니라 웃을 수 있는 것이라는 것. 고통 앞에서도, 좌절 앞에서도, 불안 앞에서도 웃을 수 있는 것. 그는 그런 강함을 가진 사람이다. '껄껄껄~~'로 끝나는 이 시는 내가 그에게 바라는 소망이다. 앞으로도 계속 그렇게 웃어주길. 세상이 아무리 힘들어도, 인생이 아무리 고단해도, 그 웃음만큼은 변하지 않기를. 그 웃음이 나를, 그리고 우리를 계속 지탱해주기를.

05 영특한 별

우연히 시작된 인연

알고 보니 로또에 당첨된 기분

첫날부터 나도 모르게 빛나고 있었네

주변에선, 어떻게 그런 후배를?

겉으로는 태연히 대답했지만

속으로는 미소가 흘러넘쳤네

행운이 내게 온 줄 그때는 몰랐네

두 명뿐인, 작은 배를 함께 젓는

항해사와 선장 같았던 그때

너의 노 젓는 솜씨에 내 배는

거친 파도도 순풍처럼 지나갔네

톤앤매너라는 보이지 않는 악기를

너는 언제나 완벽하게 연주했고

소통이라는 다리를 놓는 기술은

아마도 천부적인 재능이었지

영특함이란 단어를 사전에서 찾으면

네 사진이 실려 있을 것만 같아

성장하는 나무에 물을 주는

가장 성실한 정원사였던 너

밤하늘의 별들 중에서도

가장 밝게 빛나는 별처럼

네가 있어 밤이 한 번도 어둡지 않았네

퇴직 후에도 기억될 손꼽히는 후배

만남이 있으면 이별도 있다지만

네 빈자리는 그 어떤 별로도 채울 수 없으리

때로는 말로 전하지 못한 고마움이

가장 크고 깊은 법

함께한 모든 순간들이

내 기억 속에 별이 되어 빛나리

앞으로 더 크게 빛날 네 모습을

멀리서나마 지켜보는 기쁨

내게 남겨 준 영특한 빛이

오래도록 내 길을 밝혀 주리

별은 어둠 속에서 더 밝게 빛난다. 그가 그렇다. 조직의 어두운 시기, 내 인생의 어두운 시기에 그는 더욱 밝게 빛났다.

'영특한 별'이라는 제목은 그의 특징을 정확히 담고 있다. 그는 영리하다. 상황을 빠르게 파악하고, 문제의 핵심을 정확히 짚으며, 해결책을 효율적으로 찾는다. 하지만 그것이 전부가 아니다. 그는 따뜻하다.

많은 사람들이 영리함과 따뜻함을 양립할 수 없다고 생각한다. 똑똑한 사람은 차갑고, 따뜻한 사람은 둔하다는 편견. 하지만 그는 그 편견을 깬다. 그는 영리하면서도 따뜻하다.

처음 그와 일을 시작했을 때, 나는 그의 능력에 놀랐다. 어려운 문제를 쉽게 풀고, 복잡한 상황을 단순하게 정리했다. 하지만 더 놀라운 것은 그 과정에서 보여준 배려였다. 능력을 과시하지 않고, 상대를 무시하지 않으며, 함께 성장하려 노력했다.

'어둠 속에서 길을 잃었을 때, 네 빛이 나를 인도했다'는 표현은 과장이 아니다. 정말 그런 순간들이 있었다. 프로젝트가 막혔을 때, 인간관계가 꼬였을 때, 방향을 잃었을 때. 그의 조언, 그의 시각, 그의 격려가 길을 찾게 해주었다.

진정한 리더십은 앞서가는 것이 아니라 함께 가는 것이라는 것. 그는 앞서가는 능력이 있지만, 함께 가기를 선택한다. 혼자 빨리 가는 대신, 함께 멀리 간다.

시에 '별은 혼자 빛나지 않는다'고 썼다. 별은 다른 별들과 함께 밤

하늘을 밝힌다. 그도 그렇다. 자신만 빛나는 것이 아니라, 주변 사람들도 함께 빛나게 만든다. 그것이 진정한 별의 역할이다.

'네 빛을 따라가다 보니, 나도 조금씩 빛나기 시작했다'는 구절은 내 경험이다. 그와 함께 일하며 나도 성장했다. 그의 사고방식을 배우고, 그의 태도를 본받으며, 그의 가치관에 영향을 받았다.

별은 일정한 거리를 유지한다. 너무 가까우면 충돌하고, 너무 멀면 영향을 줄 수 없다. 그와의 관계도 그렇다. 적절한 거리를 유지하며, 서로를 존중하고, 각자의 영역을 인정한다.

'영특한 별이여, 계속 그렇게 빛나주길'은 내 바람이다. 세상이 어둡다고, 현실이 힘들다고, 별이 빛을 잃지 않았으면 한다. 그가 계속 그 밝은 빛을 유지했으면 한다. 그 빛이 나를, 그리고 우리를 계속 인도해주기를.

별은 어둠이 있어야 보인다. 그는 어려운 시기에 더욱 빛났다. 그리고 그 빛이 나를 구했다. 당신은 내 인생의 영특한 별입니다.

06 | 봄이 왔네

팀이라는 겨울밭에

예고도 없이 찾아온 너

이름처럼 새로운 봄을 데려왔네

꽃다발을 들고 헐레벌떡 뛰어온 날

청바지는 찢어지고

숨은 턱까지 차올랐지만

네 미소를 보니 그 모든 게 값진 수고

경북의 수재여, 가지런한 네 머릿속엔

어떤 언어도 담을 수 있는 서랍이 있구나

한국말, 영어, 특히, 일본어를 오가는 혀끝에서

말들이 춤을 추고 생각이 꽃을 피우네

위에서 흘러오는 빗방울과

아래서 피어나는 안개 사이

너는 무지개처럼 다리를 놓았네

보고서는 시가 되고

회의는 교향곡이 되는 마법

네 손길이 닿는 곳마다

혼란은 질서로 바뀌어가네

시간이 흘러 일은 산처럼 쌓이고

네 어깨 위에 무거운 구름이 내려앉았을 때

미안하다는 말보다 먼저

고맙다는 말이 목에 걸려 나오지 않았네

봄비가 내리고 꽃잎이 흩날리는 계절처럼

때론 우리 삶에도 분주함이 찾아오지만

네가 있어 우리 팀의 봄은

어떤 계절보다 생기 넘치네

지금 너에게 전하는 이 시는

찢어진 청바지보다 더 어설프지만

내 마음 한구석에 항상 피어 있는

감사의 꽃다발을 건네는 셈이라네

새로운 계절

봄이라는 이름을 가진 사람이 있다. 그 이름처럼 그는 내 삶에 봄을 가져왔다.

복직하는 첫날 사무실에 들어온 그는 총기로 가득했다. 이름 그대로 봄이었다. 새로운 시작, 총기로 가득한 에너지.

하지만 시간이 흐르며 봄도 겨울을 만나듯, 조직생활의 냉정함, 인간관계의 복잡함, 현실의 무게를 하나씩 경험하며 그도 지쳐보였다. 처음의 밝음은 조금 사라지고, 피로가 쌓이기 시작했다.

'봄이왔네'라는 시의 제목은 이중적 의미를 담고 있다. 그의 이름이기도 하지만, 동시에 그가 내게 가져온 변화이기도 하다. 힘든 시기를 지나던 나에게 그는 봄을 가져왔다.

시에 '겨울을 지나 다시 찾아온 봄처럼'이라고 썼다. 그와의 관계도 계절처럼 변했다. 처음의 설렘, 중간의 익숙함, 그리고 깊어진 신뢰. 이 모든 것이 자연스러운 계절의 변화처럼 흘러갔다.

지금이 되어 깨달은 것이 있다. 진정한 관계는 항상 봄일 수 없다는 것. 때로는 여름의 무더위도, 가을의 쓸쓸함도, 겨울의 차가움도 겪어야 한다. 하지만 그 모든 계절을 함께 겪어낸 관계가 진짜 관계다.

그와의 관계가 그렇다. 처음의 밝고 가벼운 관계에서, 시간이 지나며 무게감 있는 관계로 변했다. 단순히 회사 동료를 넘어, 서로를 이해하고 지지하는 관계로 성장했다.

'총명한 에너지가 나를 깨웠다'는 표현은 정확하다. 그의 존재는 나에게 자극이었다. 지치고 피곤할 때, 그의 에너지를 보며 다시 일어섰다. 무기력에 빠질 때, 그의 열정을 보며 동기를 찾았다.

하지만 동시에 '나는 그에게 겨울이 오지 않기를 바란다'는 마음도 있다. 내가 겪은 고통을, 내가 경험한 좌절을, 그는 겪지 않았으면 한다. 물론 불가능한 바람이다. 누구나 자신의 겨울을 겪어야 한다. 하지만 그럼에도 바라게 된다. 그의 봄이 오래 지속되기를.

시의 마지막 '봄은 다시 온다, 너처럼, 나에게'는 희망의 메시지다. 겨울이 지나면 봄이 오듯, 고통이 지나면 희망이 온다. 새봄이는 그것을 상징하는 존재다.

조직에서 세대 간의 관계는 복잡하다. 선배와 후배, 나이 차이, 경험의 격차. 하지만 진정한 관계는 그런 것들을 뛰어넘는다. 그와 나의 관계가 그렇다. 나이와 경험의 차이에도 불구하고, 우리는 서로에게 의미 있는 존재다.

그는 내게 봄을 가져왔고, 나는 그에게 겨울을 견디는 법을 알려주려 노력한다. 이것이 서로 간의 아름다운 교환이다. 에너지와 지혜의 교환. 열정과 인내의 교환.

당신은 내게 봄입니다. 그리고 언젠가 당신의 겨울이 왔을 때, 내가 당신의 봄이 되어주고 싶습니다.

07 귀한 남자

서른이 넘어 만난 인연
나에게 불어닥친 모진 혹한기
하루하루 힘들게 보냈던 나날들

누군가는 나를 못 본 척 했지만
너는 늘 내 술잔을 채워 주었고
한 잔, 두 잔 술잔이 더해지고
내 이야기도 흘러넘칠 때도
마른 모래보다 더 목마른 귀로
한 방울도 놓치지 않던 너

흔들리는 배의 돛대를 붙잡아 준
부이지 않는 단단한 손길
폭풍우 속에서도 함께 젖어 주던 어깨

이름처럼 귀하게 태어나
어머님 눈동자에 담긴 보물
그러나 내게는 더욱 귀한 등대

서른 넘어 만난 우정이

백 살까지 이어지길

오늘도 소리 없이 기원하네

내 인생의 귀한 남자여

세월의 때가 쌓여도

우리의 잔은 언제나 반이 아닌 가득 차 있으리

등대가 된 사람

인생에는 몇 번의 위기가 찾아온다. 그 위기 앞에서 우리는 무너지기도 하고 일어서기도 한다. 하지만 혼자서는 일어서기 어렵다. 누군가의 손길이 필요하다. 귀한 남자는 내 인생의 가장 어두운 시기에 나타난 그 손길이었다. 서른이 넘어 만난 인연이었다. 이미 인생의 많은 것이 정해진 나이. 새로운 관계를 맺기도, 깊은 우정을 쌓기도 어려운 시기. 하지만 귀한 남자는 달랐다. 우리의 우정은 나이를 거스르며 깊어졌다.

'나에게 불어닥친 모진 혹한기'라는 표현은 과장이 아니다. 정말 그런 시기가 있었다. 하루하루가 힘들었고, 누군가는 나를 못 본 척 했지만, 귀한 남자는 늘 내 술잔을 채워주었다. 그것은 단순히 술을 따라주는 행위가 아니었다. '나는 네 곁에 있다'는 무언의 메시지였다.

‘한 잔, 두 잔 술잔이 더해지고, 내 이야기도 흘러넘칠 때도’라는 구절에는 그와의 술자리가 담겨있다. 나는 말이 많아졌다. 억눌렀던 감정, 삼켰던 분노, 숨겼던 아픔을 쏟아냈다. 그리고 그는 들어주었다.

‘마른 모래보다 더 목마른 귀로 한 방울도 놓치지 않던 너’라는 표현이 그를 가장 잘 설명한다. 그는 진정적으로 경청하는 사람이었다. 내 말을 듣는 척만 하는 것이 아니라 진심으로 들었다. 내 고통을 이해하려 애썼고, 내 아픔에 공감했다.

‘흔들리는 배의 돛대를 붙잡아 준, 보이지 않는 단단한 손길’이라는 비유은 정확하다. 내가 넘어지지 않도록, 무너지지 않도록, 그는 조용히 나를 지탱해주었다. 눈에 보이지 않는 방식으로, 하지만 확실하게.

‘폭풍우 속에서도 함께 젖어주던 어깨’라는 구절도 마찬가지다. 그는 내 고통을 멀리서 바라만 보지 않았다. 함께 고통받았다. 내 아픔을 자신의 아픔처럼 느꼈다. 그것이 진정한 우정이다.

‘이름처럼 귀하게 태어나, 어머님 눈동자에 담긴 보물, 그러나 내게는 더욱 귀한 등대’라는 표현은 내 진심이다. 그의 어머니에게 그가 보물이듯, 나에게도 그는 보물이다. 아니, 등대다. 어둠 속에서 길을 잃었을 때, 그 빛을 보고 방향을 찾는 등대.

'서른 넘어 만난 우정이, 백 살까지 이어지길, 오늘도 소리 없이 기원하네'라는 마지막 구절은 내 소망이다. 우리의 우정이 오래 지속되기를, 세월이 흘러도 변하지 않기를 바란다. '내 인생의 귀한 남자여, 세월의 더께가 쌓여도, 우리의 잔은 언제나 반이 아닌 가득 차 있으리'라는 시의 마지막은 확신이다. 우리의 우정은 시간이 지나도 줄어들지 않을 것이다. 오히려 더 깊어지고 단단해질 것이다. 귀한 남자, 당신은 내 인생의 등대입니다.

08 | 포테이토

체육대회 한편에서 현숙의 '춤추는 탬버린'을 노래하던 너

서울 말투라기엔 뭔가 친숙한 억양

너는 사람들과 흥겹게 어울리던 신입사원

시간의 카메라가 찰칵 담아 두었네

십 년이 넘는 시간이 흘러

명함 위 직급은 달라졌지만

너의 똘망똘망한 눈빛만은

처음 봤던 그대로 변함없네

시간이 흘러 엄마라는 이름을 더하고

휴직이라는 쉼표를 찍고 돌아와도

너는 여전히 그날의 신입사원.

고참이 되었다고 해도

내 눈에는 아직도 탬버린 흔드는

풋풋한 신입사원의 모습

시간은 참 이상한 마술사

주변의 모든 이들이

너를 좋아하는 이유는

변하는 세상 속에서

한결같은 진심을 간직했기 때문

포테이토, 포타토

발음은 달라도 의미는 같듯이

시간이 흘러도 변치 않는

너의 그 모습이 우리의 위안이네

십 년 후에도, 이십 년 후에도

탬버린을 흔들던 그날처럼

변함없이 웃어 주길

포테이토처럼 단단하게

변하지 않는 것의 가치

변화의 시대에 우리는 산다. 모든 것이 빠르게 변하고, 새로운 것이 끊임없이 등장하며, 변화에 적응하지 못하면 도태된다고 말한다. 하지만 변하지 않는 것의 가치도 있다. 포테이토 후배가 그렇다.

'포테이토'라는 별명은 단순해 보이지만 깊은 의미를 담고 있다. 감자처럼 묵묵하고, 감자처럼 든든하며, 감자처럼 늘 그 자리에 있는 사람. 화려하지 않지만 없어서는 안 될 존재. 처음 그를 만났을 때부터 지금까지, 그는 변하지 않았다. 같은 자리에서, 같은 태도로, 같은 진심으로 일한다. 어떤 이들은 그것을 답답해할 수도 있다. 하지만 나는 그 변하지 않음에서 위로를 받는다.

조직에서 변하지 않는다는 것은 쉽지 않다. 트렌드가 바뀌고, 리더가 바뀌며, 정책이 바뀐다. 그 속에서 자신의 원칙을 지킨다는 것은 강한 의지를 필요로 한다. 그는 그 강함을 가졌다. 시에 '변화의 바람 속에서도 흔들리지 않는 뿌리'라고 표현했다. 그는 유행을 쫓지 않는다. 남들이 하는 대로 따라 하지도 않는다. 자신만의 방식을 고수한다. 그것이 때로는 고집스러워 보일 수도 있지만, 나는 그것을 원칙이라고 본다.

'감자처럼 소박하지만 없어서는 안 될 존재'라는 비유가 적절하다. 화려한 메인 요리는 아니지만, 식탁에서 빠질 수 없는 반찬. 눈에 띄지 않지만, 없으면 허전한 존재. 그는 조직에서 그런 역할을 한다.

지금이 되어서 알게 된 것은 변화도 중요하지만 변하지 않음도 중요하다는 것. 모든 것이 변할 때, 변하지 않는 것이 오히려 기준점이 된다. 나침반이 북쪽을 가리키듯, 그는 조직의 기준점이다.

그와의 대화는 편안하다. 새로운 것을 배우려 애쓸 필요가 없다. 트렌드를 따라가려 노력할 필요가 없다. 그냥 있는 그대로, 편안하게 대화할 수 있다. 이것이 변하지 않는 것의 가치다. '세월이 흘러도 네 자리는 변함없다'는 구절은 나의 믿음이다. 앞으로도 그는 그 자리에 있을 것이다. 같은 모습으로, 같은 마음으로, 같은 진심으로.

포테이토. 감자. 소박하지만 든든한, 화려하지 않지만 필수적인, 변하지 않기에 더 소중한 존재. 그는 내게 그렇다. 변화의 시대에 변하지 않는 것을 지키는 사람. 그것은 고집이 아니라 용기다. 시대에 휩쓸리지 않는 힘이다. 그는 그 힘을 가진 사람이다.

09 | 아 맞다

"아 맞다!" 하며 문득 떠오르는 너의 표정
깜빡임은 네 영혼의 작은 반짝임
우리는 그 순간마다 더 깊이 웃었네

까만 밤하늘에 쏟아지는 별빛처럼
네 웃음소리는 어둠도 밝히는 마법
성장통이 잠시 가린 햇살이었을 뿐
구름 뒤에 숨었던 달은 더 밝게 빛나는 법

"아 맞다!"라는 말은
삶의 작은 여백을 채우는 너만의 멜로디
잊었다가 기억해내는 그 순간의 기쁨이
우리에게 선물한 특별한 리듬

앞으로의 십 년도, 그 다음 십 년도
네 웃음소리가 울려 퍼지길
깜빡거리는 기억 속에서도
우리의 인연만은 선명하게 남아있기를

잊음의 아름다움

완벽한 사람은 없다. 누구나 실수하고, 잊어버리고, 헤매기도 한다. 하지만 그 불완전함이 때로는 가장 매력적이다. 그의 ‘아 맞다!’가 그렇다.

‘아 맞다! 하며 문득 떠오르는 너의 표정.’ 이 장면은 수없이 반복되었지만 질리지 않았다. 오히려 그때마다 웃음이 났다. 그의 표정, 그의 당황함, 그의 솔직함. 모든 것이 사랑스러웠다.

‘깜빡임은 네 영혼의 작은 반짝임’이라고 표현한 것은 진심이다. 그의 깜빡임은 결점이 아니라 특징이었다. 완벽하지 않기에 더 인간적이고, 완벽하지 않기에 더 매력적이었다.

현대 사회는 완벽을 요구한다. 실수하지 말 것, 잊지 말 것, 항상 준비되어 있을 것. 하지만 그런 완벽함은 사람을 지치게 만든다. 그는 그 압박에서 자유로웠다. 깜빡하면 깜빡한다고 솔직히 말했고, 잊어버리면 잊어버렸다고 인정했다.

‘까만 밤하늘에 쏟아지는 별빛처럼, 네 웃음소리는 어둠도 밝히는 마법.’ 그의 웃음은 특별했다. 진심에서 우러나오는 웃음, 억지스럽지 않은 웃음. 그 웃음이 주변을 밝게 만들었다.

‘성장통이 잠시 가린 햇살이었을 뿐, 구름 뒤에 숨었던 달은 더 밝게 빛나는 법.’ 그도 힘든 시기가 있었다. 성장통이라고 표현했지만, 그것은 꽤 고통스러운 과정이었다. 하지만 그는 그것을 견뎌냈고, 더 강하고 밝게 빛났다.

‘아 맞다!라는 말은 삶의 작은 여백을 채우는 너만의 멜로디.’ 그의 이 말버릇은 단순한 실수가 아니었다. 그것은 그만의 리듬이었고, 그만의 색깔이었으며, 그만의 매력이었다.

‘잊었다가 기억해내는 그 순간의 기쁨이 우리에게 선물한 특별한 리듬.’ 그와 함께 있으면 예측할 수 없는 순간들이 많았다. 깜빡하고, 잊어버리고, 다시 기억해내는 과정. 그 과정이 만들어내는 즉흥적인 리듬. 그것이 우리 팀을 특별하게 만들었다.

‘앞으로의 십 년도, 그 다음 십 년도, 네 웃음소리가 울려 퍼지길.’ 이것은 내 진심 어린 바람이다. 시간이 흘러도 그는 그답게 살아가길. 완벽하려 애쓰지 말고, 있는 그대로의 모습으로.

'가끔은 길을 잃어도 괜찮아. 그 순간에도 빛나는 너의 존재감.' 완벽한 길을 가는 것보다 중요한 것은 자신답게 가는 것이다. 깜빡거리고, 헤매고, 돌아가도 괜찮다. 그는 그 어떤 모습에서도 빛났다.

"아 맞다!" 하고 떠올릴 때마다 우리는 또 하나씩 추억이 쌓일 테니. 당신의 불완전함이 우리에게 준 위로와 웃음이, 어떤 완벽함보다 소중합니다.

10 싱글벙글

너는 언제나 싱글벙글

마치 태양이 주머니 속에 들어있는 듯

화내는 모습을 단 한 번도 본 적이 없다

레몬을 먹어도 달콤한 표정을 짓는 마법사

몹시 화나 고슴도치처럼 가시 세우고 이동하다

우연히 너를 마주치기만 해도

얼음 위에 떨어진 한 방울의 햇살처럼

있던 화도 녹아 사라지게 만드는 너

너의 미소는 행복 바이러스였으니

잠시 너의 싱글벙글 웃는 모습을 볼 수 없지만

언젠가 다시 만날 그날을 기다리며

내 얼굴의 주름진 골짜기에도

너의 웃음을 조금씩 심어본다

그래, 나도 한 번 싱글벙글

　망각은 축복이다. 모든 것을 기억하는 것은 저주다. 그는 그것을 아는 사람이다.

　'싱글벙글'이라는 표현은 그를 완벽하게 설명한다. 항상 웃고 있다. 무슨 일이 있어도 웃는다. 힘든 일이 있어도, 속상한 일이 있어도, 다음 날이면 웃는 얼굴로 나타난다. 처음에는 이해가 되지 않았다. '어떻게 저렇게 빨리 잊을 수 있지?' '어떻게 항상 저렇게 밝을 수 있지?' 하지만 시간이 지나며 깨달았다. 그것이 그의 생존 전략이라는 것을.

　조직생활은 상처의 연속이다. 부당한 대우, 이해받지 못하는 노력, 인정받지 못하는 성과. 이런 것들을 모두 기억하고 품고 있으면 살아갈 수 없다. 어느 정도는 잊어야 한다. 그는 그것을 본능적으로 안다.

　'싱글벙글 웃으며 어제의 상처를 오늘의 농담으로 바꾸는 마법'이라고 시에 썼다. 정말 그렇다. 어제 울고 화냈던 일을 오늘은 웃으며 이야기한다. 고통을 유머로 승화시킨다. 이것이 그만의 치유 방식이다.

　지금이 되어 배운 것이 있다. 기억력이 좋다고 행복한 것은 아니라는 것. 오히려 적절히 잊을 줄 아는 사람이 행복하다. 모든 상처, 모든 실수, 모든 후회를 기억하고 산다면 어떻게 앞으로 나아갈 수 있겠는가.

　'너는 어제를 기억하지 않고, 내일을 걱정하지 않으며, 오늘을 산다’는 표현은 그의 삶의 태도를 담고 있다. 과거에 집착하지 않고, 미래를 불안해하지 않으며, 현재에 충실하다. 이것이 진정한 현재 중심적 삶이다.

물론 그도 아프다. 그도 상처받는다. 그도 힘들어한다. 다만 그것을 오래 끌고 가지 않을 뿐이다. 울 때는 울고, 화낼 때는 화내지만, 그다음 날이면 다시 웃는다.

‘싱글벙글, 그 웃음 뒤의 눈물을 나는 안다’는 구절은 내 관찰이다. 그의 웃음 뒤에 숨겨진 고통을 나는 본다. 하지만 그것을 드러내지 않는 것이 그의 선택이고, 나는 그 선택을 존중한다.

망각은 약점이 아니라 강점이다. 모든 것을 기억하는 것이 현명함이 아니라, 잊어야 할 것을 잊는 것이 진정한 지혜다. 그는 그 지혜를 가진 사람이다. ‘싱글벙글, 오늘도 웃어주길’은 내 바람이다. 세상이 아무리 힘들어도, 인생이 아무리 고단해도, 그의 웃음만큼은 계속되기를. 그 웃음이 그를, 그리고 우리를 살게 한다.

당신의 망각은 나약함이 아니라 용기입니다. 당신의 웃음은 도피가 아니라 저항입니다. 고통을 잊고 웃을 수 있는 당신의 능력이, 나를 부럽게 합니다.

함께 걷는 길

함께 걷는 길

11 별친구

우리 가슴에 단 별들은
남들에겐 한 줄 징표지만
우리에겐 고통의 훈장이었네

아무도 이해하지 못할 때
서로의 눈빛으로 읽었던 고통
아무도 믿어주지 않을 때
서로의 어깨로 지켰던 존심

회사의 복도는 은하수였고
우리는 별을 달고 걸었네
쓰디쓴 소주 한 잔에 담긴
말로 할 수 없는 위로의 깊이

억울한 별의 무게 아래
무너진 존심을 일으켜 세워준 건
너희들의 웃음 한 조각
"우리가 별을 달았으니 별일 났네"

세 개의 별이 모여

작은 별자리를 이루었고

그 빛으로 어두운 길을 걸었네

이제는 각자의 하늘에서 빛나지만

가끔은 고개를 들어 올려다보면

같은 밤하늘 아래 있음을 느끼네

별을 단 세 친구여

세월이 지나도 우리의 별은

더 깊은 빛을 내리라

별의 무게

어둠 속에서 함께 별을 본 사람들이 있다. 우리는 별친구다. '별친구'라는 표현은 특별한 의미를 담고 있다. 단순한 친구가 아니라, 어둠 속에서 함께 빛을 찾은 친구. 힘든 시기를 함께 견딘 동지. 서로의 별이 되어준 사람들.

우리가 처음 만난 것은 조직의 가장 어두운 시기였다. 불확실성이 극에 달했던 때. 누구도 내일을 장담할 수 없었고, 모두가 불안에 떨었다. 그 시기에 우리는 만났다. 처음엔 각자 살아남기에 급급했다. 하지만 어느 순간 깨달았다. 혼자서는 이 어둠을 견딜 수 없다는 것을. 함께해야 한다는 것을. 그래서 우리는 모였다.

'별을 보러 가자'는 말은 우리의 암호였다. 실제로 별을 보러 가는 것이 아니라, 힘든 현실에서 잠시 벗어나 함께 숨쉬는 시간을 갖자는 의미였다. 술 한 잔, 커피 한 잔, 때로는 그냥 걷기. 형식은 중요하지 않았다. 함께 있다는 것이 중요했다.

'우리는 각자의 어둠을 가지고 있었지만, 함께 모이면 빛이 되었다' 는 표현이 우리를 설명한다. 별친구들의 유머와 현실적 조언, 그리고 내 경청. 각자의 강점이 모여 서로의 약점을 보완했다.

시간이 흘러보니, 친구는 수가 아니라 질이라는 것. 백 명의 아는 사람보다 진짜 친구 몇 명이 낫다. 별친구들은 그런 친구다.

시에 '별은 혼자 빛나지 않는다. 다른 별들과 함께 밤하늘을 밝힌다'고 썼다. 우리가 그렇다. 각자는 작은 빛이지만, 함께하면 밤하늘을 밝힌다. 혼자서는 어둠을 이길 수 없지만, 함께하면 가능하다.

우리의 만남은 정기적이지 않다. 한 달에 한 번일 때도 있고, 석 달 만일 때도 있다. 하지만 중요한 것은 빈도가 아니다. 필요할 때 언제든 만날 수 있다는 믿음이다.

'너희와 함께 보낸 밤하늘은 내 인생의 가장 밝은 시간이었다'는 구절은 내 진심이다. 힘들었던 그 시기가, 역설적으로 내 인생에서 가장 의미 있는 시간이 된 것은 그들이 있었기 때문이다. 이제 우리는 각자의 길을 간다. 별친구들은 그들의 길을, 나는 나의 길을. 하지만 여전히 연결되어 있다. 같은 밤하늘 아래, 같은 별을 보며.

'이제는 각자의 하늘에서 빛나지만, 가끔은 고개를 들어 올려다보면, 같은 밤하늘 아래 있음을 느끼네.' 우리는 이제 각자의 길을 간다. 하지만 여전히 연결되어 있다. 같은 하늘 아래, 같은 기억을 공유하며. 별친구들이여. 우리의 별은 더 깊은 빛을 낼 것입니다.

12 | 거북이들

회사라는 운동장에서

토끼들이 먼저 달려갈 때

우리는 등껍질 무거운 거북이로 남았네

진급이란 숫자 놀음에

십삼 년의 긴 기다림을 견딘 나는

세상에서 가장 느린 과장이었지

세월의 모래시계 속에

누군가는 빠르게 흘러내리고

거북이들은 모래 한 알씩 떨어지며 기다렸네

느리다고 약한 게 아니야

단단한 껍질 속에서

우리만의 지혜를 키웠으니

비교의 파도에 휩쓸리지 말고

네 속도로 한 걸음씩

단단한 발자국을 찍어가면 돼

초짜 거북이들아
더 긴 세월의 바다거북이들아
고개 들어 별을 보며 걸어가자

소주 잔에 담긴 푸른 위로
등껍질 아래 숨은 상처를 쓰다듬으며
오뚜기처럼 다시 일어서는 우리

언젠가 도착할 그곳에서
너의 속도가 얼마나 아름다웠는지
뒤돌아보며 웃게 될 거야

조직이란 넓은 바다에서
빠르게만 헤엄치는 건 의미 없어
깊이 잠수할 줄 아는 거북이가
진짜 인생의 보물을 찾는 거라는 것을...

거북이의 철학

과장에서 차장까지 뜻하지 않은 시련으로 오랜 시간이 걸렸다. '세상에서 가장 느린 과장'이라는 농담 아닌 농담을 스스로에게 했다. 웃으며 받아넘겼지만, 그 긴 시간은 쉽지 않았다.

차장이 되고 나서 후배들을 보게 되었다. 과장 진급이 한 해, 혹은 두 해 늦어진 후배들. 그들의 눈빛에서 불안과 조바심을 읽었다. '나는 왜 이렇게 느린가', '뭐가 부족한가' 자책하는 모습이 과거의 나를 보는 것 같았다. 나는 그들에게 말하고 싶었다. 괜찮다고. 네가 느린 게 아니라고. 그래서 '거북이들'이라는 시를 썼다.

'회사라는 운동장에서 토끼들이 먼저 달려갈 때, 우리는 등껍질 무거운 거북이로 남았네.' 우리는 스스로를 거북이라고 불렀다. 자조적이면서도 연대의 의미를 담아. 혼자가 아니라는 것. 함께 걷는 사람들이 있다는 것.

소주잔 앞에서 나는 후배들에게 솔직하게 말했다. 나도 힘들었다고. 동료들이 먼저 승진하는 것을 보며 얼마나 많이 자문했는지. 등껍질 아래 숨은 상처를 어루만지며, 오뚝이처럼 다시 일어서는 연습을 얼마나 했는지.

하지만 시간이 흘러 지금, 말할 수 있다. '느리다고 약한 게 아니'라고. 빠르게 달린 사람들이 놓친 것들을 우리는 보았다고. 단단한 껍질 속에서 우리만의 지혜를 키웠다고. 조급함 대신 인내를, 경쟁 대신 연대를 배웠다고.

‘초짜 거북이들아’는 이제 막 진급이 늦어지기 시작한 후배들에게 하는 말이다. 괜찮다고, 한두 해 늦는 건 시작도 아니라고. ‘더 긴 세월의 바다거북이들아’는 나처럼 오랫동안 걸어온 사람들에게 하는 말이다. 고개 들어 별을 보며 걸어가자. 비교의 파도에 휩쓸리지 말고, 네 속도로 한 걸음씩.

시에 ‘조직이란 넓은 바다에서 빠르게만 헤엄치는 건 의미 없어. 깊이 잠수할 줄 아는 거북이가 진짜 인생의 보물을 찾는 거라는 것을’이라고 썼다. 오랜 기다림이 나에게 가르쳐준 진실이다. 속도가 아니라 방향이 중요하다는 것. 빠름이 아니라 깊이가 가치라는 것.

‘언젠가 도착할 그곳에서 너의 속도가 얼마나 아름다웠는지 뒤돌아보며 웃게 될 거야.’ 과장 진급이 늦어진 후배들에게, 그리고 과거의 나 자신에게 하는 약속이다. 거북이들아, 네 속도로 한 걸음씩 단단한 발자국을 찍어가면 된다. 오랜 기다림을 겪어본 선배가 말한다. 너희는 잘하고 있다고.

13 | in서울 18좌 (산과 만남)

삶의 혹한기에 술로 하루하루 보내며

십팔 같은 세상을 욕하던 입술로

서울의 열여덟 봉우리를 부르기 시작했다

대모산의 첫 발걸음은 무거워서 욕 나왔고

구룡산에선 아홉 마리 용의 분노를 토해냈고

우면산 능선을 오르며 비로소 하늘을 올려다보았다

관악산 정상에서 비로소 알았다

내가 극복해야 할 것은

저 멀리 보이는 산이 아닌 내 안의 골짜기임을

일자사에서 하루를, 아차산에서 깨달음을

남산의 꼭대기에서 서울의 상처를 바라보고

용마산 바위 틈에서 내 의지를 다시 심었다

응봉산 봉우리에 앉아 봄의 개나리를 맞이하고

안산의 숲길에서 어둠 속의 빛을 발견했네

용왕산의 바람이 내 술기운을 모두 날려 보냈다

개화산에서 새로운 꽃을 피우고

우장산의 비를 맞으며 눈물을 씻어냈다

수락산 너머로 떨어지는 태양을 붙잡으며

불암산 바위처럼 단단해진 마음으로

도봉산 계곡의 물줄기처럼 앞으로 나아가리라

인왕산 기암에 기대어 과거를 털어냈다

마지막 북악산 정상에 서서

열여덟 개의 산과 열여덟 번의 만남이

나를 다시 일으켜 세웠음을 알았다

술에 젖은 신발 끈을 다시 묶고

십팔 같던 세상을 십팔 번 오르니

삶은 속도가 아닌 방향임을 깨달았다

참아야 할 때 참고 나아갈 때 나아가는

산이 가르쳐 준 무사장구의 근본을

이제는 평지에서도 기억하리라

인생의 혹한기가 있었다. 술로 하루하루를 버티며, 세상을 욕하던 시절. 그때 나는 산을 만났다. 아니, 산이 나를 구했다. '삶의 혹한기에 술로 하루하루 보내며, 십팔 같은 세상을 욕하던 입술로, 서울의 열여덟 봉우리를 부르기 시작했다.' 변화의 시작이었다. 술잔을 내려놓고 등산화를 신었다. 욕설 대신 산 이름을 불렀다.

서울의 18봉우리. 각각의 산이 각각의 교훈을 주었다. '대모산의 첫 발걸음은 무거워서 욕 나왔고.' 시작은 힘들었다. 몸도 마음도 무거웠다. 왜 이런 고생을 하나 싶었다. '구룡산에선 아홉 마리 용의 분노를 토해냈고.' 쌓였던 분노를 산에 쏟아냈다. 오르면서 소리 지르고, 욕하고, 울었다. 산은 모든 것을 받아주었다.

'우면산 능선을 오르며 비로소 하늘을 올려다보았다.' 조금씩 변화가 시작되었다. 땅만 보던 눈이 하늘을 보기 시작했다. 숨만 쉬던 폐가 공기를 맛보기 시작했다. '관악산 정상에서 비로소 알았다. 내가 극복해야 할 것은 저 멀리 보이는 산이 아닌 내 안의 골짜기임을.' 이것이 가장 큰 깨달음이었다. 문제는 밖에 있는 것이 아니라 안에 있었다. 내가 바꿔야 할 것은 세상이 아니라 나 자신이었다.

하나하나의 산을 오르며 나는 조금씩 변했다. '일자산에서 하루를, 아차산에서 깨달음을, 남산의 꼭대기에서 서울의 상처를 바라보고,

용마산 바위 틈에서 내 의지를 다시 심었다.' 각 산은 다른 의미를 가졌다. '응봉산 봉우리에 앉아 봄의 개나리를 맞이하고, 안산의 숲길에서 어둠 속의 빛을 발견했네. 용왕산의 바람이 내 술기운을 모두 날려보냈다.'

'마지막 북악산 정상에 서서, 열여덟 개의 산과 열여덟 번의 만남이, 나를 다시 일으켜 세웠음을 알았다.' 모든 산을 오른 날, 나는 완전히 다른 사람이 되어 있었다. '술에 젖은 신발 끈을 다시 묶고, 십팔 같던 세상을 십팔 번 오르니, 삶은 속도가 아닌 방향임을 깨달았다.' 중요한 것은 얼마나 빨리 가느냐가 아니라 어디로 가느냐였다.

'참아야 할 때 참고 나아갈 때 나아가는, 산이 가르쳐 준 무사장구의 근본을, 이제는 평지에서도 기억하리라.' 산에서 배운 것을 삶에 적용했다. 그것이 나를 구원했다. 서울 18봉우리여, 당신들은 내 인생의 은인입니다.

14 | 이번엔 뭐하니

"이번엔 뭐하니?" 물으면

손에는 새 책, 귀에는 새 언어

어제의 너는 오늘의 네가 아니지

인생이란 달리기에 쉼표를 찍고 싶을 때

네 부지런한 그림자가 나를 추월해가니

게으름의 이불 속에서 몸을 일으키게 하는 마법사

호기심의 백과사전을 통째로 삼킨 너

세상의 모든 취미를 맛보려는 미식가

호랑이는 죽어서 가죽을 남기고

너는 살아서 새로운 자격증을 남기네

헬스장 러닝머신 옆에 두고 싶은

인간 비타민C, 행동하는 양심의 가책

"이번엔 뭐하니?" 묻지 않아도

대답은 이미 알고 있지 – "새로운 무언가"

게으름의 늪에 빠진 내게

던져 주는 열정의 구명줄

내 침대 옆에 붙여 놓은

움직이는 자극제

열 걸음 뒤처진 나는

한 걸음 내딛을 때마다 묻는다

"너는 지금쯤 어디까지 갔을까?"

"이번엔 뭐하니?" 물어보면

씩 웃으며 대답하겠지

"형, 이번엔 좀 대단한 걸 시작했어요"

그리고 나는 또다시

안락한 소파에서 일어나

너의 뒤를 쫓는 영원한 2등 주자

움직이는 자극제

세상에는 두 종류의 사람이 있다. 움직이는 사람과 멈춰 있는 사람. 그는 전자였고, 나는 그에 비하면 후자에 가까웠다. 그리고 그의 움직임이 나를 자극했다.

'"이번엔 뭐하니?" 물으면, 손에는 새 책, 귀에는 새 언어.' 그와의 대화는 항상 이렇게 시작되었다. 그에게는 늘 새로운 것이 있었다. 새로운 책, 새로운 언어, 새로운 취미, 새로운 목표. '어제의 너는 오늘의 네가 아니지.' 정말 그랬다.

처음에는 이해가 되지 않았다. '인생이란 달리기에 쉼표를 찍고 싶을 때, 네 부지런한 그림자가 나를 추월해가니, 게으름의 이불 속에서 몸을 일으키게 하는 마법사.' 그의 부지런함이 나에게는 부담이었다. 하지만 시간이 지나며 깨달았다. 그것이 그의 삶의 방식이라는 것을. '호기심의 백과사전을 통째로 삼킨 너, 세상의 모든 취미를 맛보려는 미식가.' 그는 인생을 최대한 경험하려는 사람이었다.

'호랑이는 죽어서 가죽을 남기고, 너는 살아서 새로운 무언가를 남기네.' 이 표현은 과장이 아니다. 정말 그랬다. 만날 때마다 새로운 공부, 새로운 수료증을 가지고 있었다.

'헬스장 러닝머신 옆에 두고 싶은, 인간 비타민C, 행동하는 양심의 가책.' 그의 존재는 나에게 자극제였다. 그를 보면 게으름이 부끄러워졌다. 미루던 일을 하게 되었다. 포기하던 목표를 다시 세우게 되었다.

'"이번엔 뭐하니?" 묻지 않아도, 대답은 이미 알고 있지 – 새로운 무언가.' 예측 가능한 대답이지만 실망시키지 않는 대답. 그것이 그였다. '게으름의 늪에 빠진 내게 던져주는 열정의 구명줄.' 그는 의도하지 않았겠지만, 그의 삶 자체가 나에게 구원이었다. 침체에서 벗어나게 했고, 정체에서 벗어나게 했으며, 안주에서 벗어나게 했다.

'열 걸음 뒤처진 나는, 한 걸음 내딛을 때마다 묻는다. 너는 지금쯤 어디까지 갔을까?' 나는 그를 따라잡을 수 없다. 하지만 따라가려고 노력할 수는 있다. '"이번엔 좀 대단한 걸 시작했어요" 그리고 나는 또다시, 안락한 소파에서 일어나, 너의 뒤를 쫓는 영원한 2등 주자.'

당신은 내 인생의 페이스메이커입니다. 당신을 따라가려다 보니, 어느새 나도 많이 왔네요.

15 | 동문수학 친구들

늦은 나이, 일과 함께 하는 학문의 길

강의실에 들어서니 모두 조카뻘

반백의 머리카락은 눈에 띄는 깃발

나는 섬, 그들은 대륙 같았네

한 학기 먼저 들어온 그들은

나에게 언제나 밝았지만

심리적 거리는 삼 년 같았네

낯선 학술지 숲에서 헤맬 때

논문의 미로 속 방향을 잃을 때

살며시 건네 주던 꿀팁들

그들은 나보다 어렸지만 선배였네

세미나 수업에서 발표할 때마다

떨리는 목소리를 감추려 애쓰면

따뜻한 눈빛으로 고개를 끄덕여 주던

세 명의 동문수학 친구들

세대의 강을 건너 만난 인연

우리는 지식의 바다를 항해하는

고단한 선원들이지만

같은 별을 보며 방향을 잡는 동료

그들의 지혜는 나의 부족함을

빛으로 채워 주는 세 개의 등불

시간은 다르게 흐르고

졸업은 각자의 순서대로 하겠지만

동문수학의 기억은

반백 머리에 깊이 새겨진 보물

나이는 숫자에 불과하다 말하지만

가끔은 부모님처럼 걱정하고 싶을 때도

"교수님이 또 무슨 말씀 하셨어요?"라며

웃음으로 풀어 주던 세 명의 친구들

학문이라는 깊은 우물 앞에서

함께 물을 퍼 올리던 시간

늦깎이 박사의 행운은

너희를 만난 것, 그것이 내 학위보다 값진 학위

늦깎이 학생이 된다는 것. 그것은 용기이자 겸손이며, 도전이자 성장이다. 대학원에 들어갔을 때, 나는 많은 것을 포기해야 했다. 하지만 더 많은 것을 얻었다.

'늦은 나이, 일과 함께 하는 학문의 길, 강의실에 들어서니 모두 조카뻘.' 첫날의 기억이 생생하다. 강의실 문을 열었을 때의 당황스러움. 나보다 훨씬 어린 학생들 사이에 앉아야 했다. '나는 섬, 그들은 대륙 같았네.' 나는 눈에 띄었다. 좋은 의미로든 나쁜 의미로든. 나이, 경험, 배경 모든 것이 달랐다. 외로웠다.

하지만 세 친구가 있었다. '한 학기 먼저 들어온 그들은 나에게 언제나 밝았지만, 심리적 거리는 삼 년 같았네.' 처음엔 거리감이 있었다. 세대 차이, 경험 차이, 관심사 차이.

'낯선 학술지 숲에서 헤맬 때, 논문의 미로 속 방향을 잃을 때, 살며시 건네주던 꿀팁들.' 그들이 다가왔다. 조용히, 부담 없이, 자연스럽게. 논문 찾는 법, 참고문헌 정리하는 법, 교수님과 소통하는 법.

'그들은 나보다 어렸지만 선배였네.' 나이는 숫자에 불과했다. 학문의 세계에서 중요한 것은 얼마나 먼저 시작했느냐였다. 그들은 선배였고, 나는 후배였다.

‘세미나 수업에서 발표할 때마다, 떨리는 목소리를 감추려 애쓰면, 따뜻한 눈빛으로 고개를 끄덕여주던, 세 명의 동문수학 친구들.’ 그들의 작은 격려가 큰 힘이 되었다. 고개를 끄덕이는 것, 미소 짓는 것, 발표 후 엄지를 치켜세우는 것.

‘세대의 강을 건너 만난 인연, 우리는 지식의 바다를 항해하는, 고단한 선원들이지만, 같은 별을 보며 방향을 잡는 동료.’ 우리는 같은 목표를 향해 가고 있었다. 나이는 달라도, 배경은 달라도, 목적지는 같았다. ‘그들의 지혜는 나의 부족함을 빛으로 채워주는 세 개의 등불.’ 그들에게서 많이 배웠다. 기술적인 것뿐 아니라 태도, 자세, 마음가짐까지.

가끔은 그들이 걱정되기도 했다. 잘 먹고 있는지, 건강은 괜찮은지, 미래는 준비되어 있는지. 선배로서, 때로는 형이나 오빠처럼. ‘“교수님이 또 무슨 말씀 하셨어요?”라며, 웃음으로 풀어주던 세 명의 친구들.’ 그들의 유머가 힘든 순간을 견디게 했다. 학문의 무게를 웃음으로 가볍게 만들어주었다.

‘늦깎이 박사의 행운은, 너희를 만난 것, 그것이 내 학위보다 값진 학위.’ 진심이다. 학위는 종이에 불과하지만, 이 우정은 평생 남을 것이다. 세 친구여, 당신들은 내 인생의 은인입니다.

16 | 차장 진급 동기들

남보다 오랜 기다림 후

만년 과장이란 타이틀 반납하던 날

나는 늦깎이 차장이 되었네

오래 기다림 끝에 주어진

특별한 선물처럼

원주 교육장에서 만난 얼굴들

어제의 후배, 오늘의 동기가 된 그들

한때 현장에서 함께 동고동락하던 동생들

이제는 나와 함께 어깨를 나란히 하네

저녁 테이블 위에 쌓이는 소주병

그 속에 녹아내리던 세월의 계급장

우리는 진급의 숫자보다

함께 걸어온 길의 이야기가 더 깊었네

"애들아, 드디어 우리 동기 됐네요"

웃음 속에 담긴 열세 해의 위로

진급은 늦었지만 우정의 발효는

더 깊고 진한 맛을 내는 중

원주를 떠나는 기차 안에서

마지막 맥주캔을 따며 건넨 건배

"우리 모두 다 잘되자"는 약속은

아직도 귓가에 맴도네

입사일은 달랐어도

승진일은 같아진 우연의 우연

퇴사일도 다르겠지만

우정의 날짜는 영원하리

일 년에 두 번, 변함없이 만나는 자리

차장이 부장 되고, 임원이 되어도

우리는 여전히 그날의 동기

원주의 밤을 잊지 못하는 사람들

회사라는 긴 마라톤에서

누군가는 빠르고 누군가는 느리지만

결국 같은 지점에서 만난 우리가

서로의 가장 큰 위로였음을

열세 해 만에 달게 된 차장
그것보다 더 빛나는 건
같은 시간, 같은 자리에서
함께 웃고 있는 너희들의 얼굴

함께 걷기

'남보다 오랜 기다림 후, 만년과장이란 타이틀 반납하던 날, 나는 늦깎이 차장이 되었네.' 긴 기다림 끝에 찾아온 진급. 기쁘면서도 복잡한 마음이었다. 그런데 그날, 예상치 못한 특별한 선물이 기다리고 있었다.

원주 교육장. 새내기 차장들이 모인 그곳에서 익숙한 얼굴들을 마주쳤다. '어제의 후배, 오늘의 동기가 된 그들. 한때 현장에서 함께 동고동락하던 동생들. 이제는 나와 함께 어깨를 나란히 하네.'

순간 시간이 뒤섞였다. 과거에는 선후배였던 우리가, 지금은 같은 계급장을 달고 있었다. 내가 오래 걸린 만큼, 그들도 빠르게 온 것은 아니었다. 우리는 서로 다른 속도로 걸어왔지만, 결국 같은 지점에서 만났다.

'저녁 테이블 위에 쌓이는 소주병, 그 속에 녹아내리던 세월의 계급장.' 첫날 저녁, 우리는 오래 마셨다. 계급장을 벗고, 형과 동생의 관계를 내려놓고, 그저 동기로서 마주 앉았다.

"드디어 우리 동기 됐네요." 누군가의 말에 모두가 웃었다. '웃음 속에 담긴 오랜 세월의 위로.' 그 웃음에는 각자가 걸어온 시간의 무게가 담겨 있었다. 늦은 진급에 대한 위로, 함께 걸어온 세월에 대한 감사, 그리고 이제 동기가 된 것에 대한 기쁨.

'우리는 진급의 숫자보다 함께 걸어온 길의 이야기가 더 깊었네.' 그날 밤, 우리는 많은 이야기를 나눴다. 각자의 고생담, 힘들었던 순간들, 포기하고 싶었던 때들. 그리고 그것을 견뎌낸 우리를 서로 격려했다.

'진급은 늦었지만 우정의 발효는 더 깊고 진한 맛을 내는 중.' 시간이 만든 우정이었다. 오래 걸렸기에, 함께 겪었기에, 더 단단해진 인연.

'원주를 떠나는 기차 안에서 마지막 맥주캔을 따며 건넨 건배. "우리 모두 다 잘되자"는 약속은 아직도 귓가에 맴도네.' 헤어지며 나눈 약속. 그것은 단순한 인사말이 아니었다. 서로를 향한 진심 어린 응원이었다.

그 이후 우리는 일 년에 두 번씩 만난다. '차장이 부장 되고, 임원이 되어도, 우리는 여전히 그날의 동기, 원주의 밤을 잊지 못하는 사람들.' 계급은 바뀌어도, 우리의 관계는 그날 그대로다.

시에 '입사일은 달랐어도 승진일은 같아진 우연의 우연. 퇴사일도 다르겠지만 우정의 날짜는 영원하리'라고 썼다. 진심이다. 회사는 언젠가 떠나겠지만, 이 우정은 계속될 것이다.

'회사라는 긴 마라톤에서 누군가는 빠르고 누군가는 느리지만, 결국 같은 지점에서 만난 우리가 서로의 가장 큰 위로였음을.' 오래 걸린 차장 진급, 그것보다 더 빛나는 건 같은 시간, 같은 자리에서 함께 웃고 있는 너희들의 얼굴이다.

등불을 든 사람들

등불을 든 사람들

17 | 무슨 말인지 모르겠네

반백의 머리로 펜을 든 늦깎이 학생

젊은 박사들 사이에 앉은 이방인

교수님 말씀에 고개를 끄덕이다가도

가끔은 생각합니다 '이해하고 있는지를…'

연구 계획서는 마치 불꽃놀이 같아서

한글과 영어로 휘황찬란하게 피어올라도

교수님 손에선 어김없이 빨간 펜이 춤추고

되돌아온 코멘트는

"무슨 말인지 모르겠네", "더 읽고 싶지 않네"

수십 번 다시 쓴 계획서가

제자리로 돌아오는 부메랑 같을 때

눈물은 안으로 삼키고 웃습니다

뭐, 학문의 길이 원래 이런 거겠지

서가에 빼곡한 책들 사이에서

스탠드 하나 켜고 밤을 지새울 때

선명히 들리는 교수님의 목소리

"아직 멀었어, 더 깊이 들어가야 해"

처음엔 상처로 느껴지던 말들이

이제는 지도별처럼 빛나기 시작했네

무뎌진 건 아픔이 아니라

단단해진 내 학문의 근육

따뜻한 매는 아프지만 사랑입니다.

제가 걸을 길을 비춰 주는 등대의 빛

오십의 문턱에서 시작한 새 여정

포기는 사전에서 지운 단어입니다

언젠가 박사모를 쓰는 그날이 오면

그 영광의 자리는 교수님 덕분입니다.

끝없이 읽고 쓰며 인고의 시간을 건너

마침내 "이제 알겠어"라고 말할 그날을 위해

오늘도 눈물을 삼키며, 논문을 읽습니다.

혹독함 속의 사랑

　많이 늦은 나이에 다시 학생이 된다는 것은 용기이자 겸손이다. 반백의 머리로 젊은 박사들 사이에 앉으면 세상이 다르게 보인다.

'무슨 말인지 모르겠네', '더 읽고 싶지 않네'. 교수님의 첫 피드백은 충격이었다. 밤새워 쓴 연구계획서는 빨간 펜의 흔적만 가득했다. 그날 밤 나는 울었다. 오십에 가까운 나는 반항도 변명도 하지 않고 그저 울기만 했다.

수십 번을 고쳐도 돌아오는 것은 빨간 펜의 코멘트였다. 회사에서 이십 년 넘게 일했지만 학문의 세계는 달랐다. 경험도 나이도 직위도 소용없었다. 오직 논리의 정교함, 이론의 깊이만이 중요했다.

처음엔 상처로 느껴지던 말들이 이제는 지도별처럼 빛난다. 교수님의 혹독한 피드백은 무관심이 아니라 관심이었고, 포기가 아니라 기대였으며, 비난이 아니라 교육이었다.

젊은 학생들은 빠르게 수정하지만 나는 달랐다. 오랜 세월 쌓인 사고방식과 굳어진 습관을 바꾸는 것은 쉽지 않았다. 오래된 건물을 리모델링하듯 기존의 것을 허물고 새로 짓는 과정이 필요했다.

무녀진 건 아픔이 아니라 단단해진 내 학문의 근육이다. 비판을 받아들이는 힘, 수정하는 끈기, 다시 시작하는 용기가 쌓여 학문의 근육이 되었다.

'따뜻한 매는 아프지만 사랑입니다.' 교수님의 혹독함은 사랑의 다른 표현이었다. 포기하지 않고 계속 지적하고, 더 높은 기준을 요구하며, 쉬운 통과를 허락하지 않는 것. 이 모든 것이 제자에 대한 사랑이었다.

흰머리가 늘어날 때 시작한 새 여정, 포기는 사전에서 지운 단어다.

늦게 시작한 만큼 더 절박하고 간절하며 집요하게 매달린다.

언젠가 박사모를 쓰는 날, 교수님께 감사할 것이다. 쉬운 길이 아닌 올바른 길을 보여주셔서. 칭찬 대신 채찍을 들어주셔서. 늦깎이 학생을 포기하지 않으셔서. 교수님, 당신의 혹독함이 나를 학자로 만들고 있습니다..

18 정말, 안 되나요

"이것도 안 되나요?"

가능성의 경계를 두드리는 나의 질문에

법의 기준은 고개를 가로젓네

검토 보고서 위에 내려앉은 빨간 도장

"저것도 안 되나요?"

규제의 담벼락 너머를 바라보는 내 눈빛에

법의 기준은 살짝 웃으시며

법전을 한 장 더 넘기시네

혁신은 경계선을 밀어내고

법은 그 경계를 지키려 하니

우리는 서로를 당기고 밀며

절묘한 균형을 이루어왔네

사각지대를 찾아 헤매는 나에게

법의 기준은 작은 문을 열어 주시고

때론 내 도전이 지친 날엔

안 되다는 말 사이에 작은 힌트를 숨기셨네

"그럼, 이것은 되는 거죠?"
내 물음에 법의 기준은 눈빛이 반짝이고
창의와 법규가 손을 맞잡는 순간
우리는 동료가 되었네

누군가는 말하지 논쟁하는 사이라고
당신은 벽이 아닌 다리였음을
수많은 '안 돼요'들 사이에서
마침내 피어난 '됩니다'의 꽃

오늘도 법무 검토의 문을 두드립니다.
"안 되나요?" 물음표와 함께
그 뒤에 숨은 진짜 의미는
"함께 방법을 찾아봐요"라는 초대장

법의 기준님, 감사합니다
선 너머의 풍경을 보여 주셔서
당신의 '안 돼요'는 결국
더 단단한 '됩니다'를 위한 디딤돌이라는 것을..

혁신과 법규 사이에는 늘 긴장이 있다. 혁신은 경계를 밀어내려 하고, 법은 그 경계를 지키려 한다. 조직에서 새로운 시도를 할 때마다 마주하는 것이 바로 이 긴장이다. 법무실 동료는 그 긴장의 한가운데 서 있던 사람이다.

'이것도 안 되나요?' '저것도 안 되나요?'라는 질문을 수없이 했다. 법무 검토를 받을 때마다 빨간 도장이 찍혀 돌아왔다. 규제, 제한, 불가. 처음엔 좌절했다. 법이 혁신을 막는 장벽처럼 느껴졌다.

하지만 법무실 동료는 단순히 '안 된다'고만 하지 않았다. 왜 안 되는지 설명했고, 어떻게 하면 되는지 함께 고민했다. 법을 지키면서도 목적을 달성할 수 있는 방법을 찾아주었다. 혁신과 법규가 서로를 당기고 밀며 우리는 절묘한 균형을 이루어왔다. 처음엔 대립하는 것처럼 보였다. 하지만 시간이 지나며 깨달았다. 우리는 적이 아니라 동료였다.

법무팀을 대하는 태도는 크게 두 가지다. 피하거나 대면하거나. 많은 사람들이 법무 검토를 최대한 늦게 받고, 문제가 발견되면 묻어버리거나 우회한다. 하지만 나는 일찍 법무팀을 찾아가고, 솔직하게 상황을 공유하며, 함께 해법을 찾았다.

법무실 동료는 원칙주의자였지만 융통성도 있었다. 법의 틀 안에서 최대한의 가능성을 찾아주었다. 때로는 선례를 만들고, 때로는 예외를 인정하며, 때로는 새로운 해석을 제시했다. '안 된다는 말 사이에 작은 힌트를 숨기셨네.' 정말 그랬다. '이것은 안 되지만 저것은 가능합니다', '이 방식은 불가하지만 다른 방식은 검토해볼 수 있습니다'. 이런 식으로 그는 길을 열어주었다.

법무팀은 혁신의 장애물이 아니라 파트너다. 그들의 역할은 막는 것이 아니라 안전하게 나아갈 수 있도록 돕는 것이다. 법무실 동료는 그것을 완벽하게 보여주었다. 법의 기준님, 당신의 '안 돼요'는 결국 더 단단한 '됩니다'를 위한 디딤돌이었습니다.

19 작은 거인

“자기소개를 짧게 해 보세요!”

“저는 앞개울이 동해 바다, 뒷동산이 설악산이 고향인”

유머 속에 담긴 겸손함이 빛나던 순간

나의 인생 항해에 등대가 되어 주셨네

그에게서 뿜어져 나오는 태양의 아우라

반짝이는 눈빛은 무엇이든 할 수 있다는 확신을 주었고

저음의 말 한마디는 주변을 숙연하게 하였네

그의 어깨에 서면 세상이 다르게 보였다

누구보다도 최선을 다해 뛰셨던 분

부하를 위해 몸을 던지는 전장의 대장처럼

그의 등 뒤에 서면 우리는 세상을 두려워하지 않았네

작은 거인의 그림자는 우리보다 항상 컸으니

예고 없이 찾아온 연말의 태풍은

묵묵히 지켜온 성실의 나무를 뿌리째 흔들었고

그 소식을 들은 나는 가슴에 달고 있던

자랑스런 회사 배지를 땅바닥에 내던져버렸네

"헤어질 때 잘 헤어져야 한다"
그의 마지막 가르침을 껴안고
나는 스스로 그 길을 걸었네
떠나는 것이 때론 지키는 것임을

스무 해란 시간의 강물이 흘렀어도
작은 거인의 모습은 내 안에 여전히 우뚝하네
삶의 갈림길에 서면 묻곤 한다
"작은 거인이라면 어떻게 하셨을까?"

어디에 계시든 그 등불 같은 삶의 빛이
여전히 누군가의 길을 밝히고 있기를
작은 거인, 당신은 내 영원한 나침반
세월이 흐를수록 더 깊게 새겨지는 존경의 이름

거인의 그림자

인생에는 몇 번의 만남이 있다. 그 만남이 삶의 방향을 바꾸고, 가치관을 형성하며, 미래를 결정한다. 한 리더는 내 인생의 그런 만남이었다.

‘저는 앞개울이 동해 바다, 뒷동산이 설악산이 고향인...’ 첫 만남인 최종 면접에서 나에 대한 자기소개를 했던 모습이 아직도 내 머릿속에 생생하다. 유머 속에 담긴 겸손함. 화려한 스펙 대신 고향 이야기로 자신을 소개하는 여유와 절박함 속에서도 나는 알았다. 이분의 아우라는 남달랐다. 그에게서 뿜어져 나오는 태양의 아우라. 그의 존재감은 압도적이었다. 하지만 그것은 권위적인 것이 아니라 카리스마 넘치는 것이었다. 사람들이 자발적으로 따르고 싶어 하는 힘.

그와 함께 일하면서 나는 더 넓은 시야를 갖게 되었다. 작은 일에 매몰되지 않고 큰 그림을 보게 되었다. 단기적 이익이 아니라 장기적 가치를 추구하게 되었다. 리더십에는 두 종류가 있다. 앞에서 끌어가는 리더십과 뒤에서 밀어주는 리더십. 그 리더는 둘 다 완벽하게 구사했다. 부하가 실수하면 자신이 책임지고, 부하가 성공하면 그들에게 공을 돌렸다.

그가 있으면 안심이 되었다. 어떤 어려움이 와도, 어떤 위기가 닥쳐도, 그가 해결해 줄 거라는 믿음. 그것이 우리를 더 담대하게 만들었다. 하지만 조직은 냉정하다. 예고 없이 찾아온 연말의 태풍. 그가 떠나야 했을 때, 나는 분노했다. 세상의 불공평함에, 조직의 냉혹함에. 그래서 회사 배지를 땅에 내던졌다.

‘헤어질 때 잘 헤어져야 한다’는 그의 마지막 가르침이었다. 분노와 원망으로 떠나지 말 것. 품위를 지키며, 관계를 유지하며, 미래를 위해 문을 열어두고 떠날 것. 그는 실천했고, 나도 그 가르침을 따랐다. 스무 해가 넘은 시간의 강물이 흘렀어도 그의 모습은 내 안에 여전히 우뚝하다. 시간이 흐를수록 그의 가치는 더 선명해진다. 다른 리더들을 만날 때마다 비교하게 된다. '그 리더라면 어떻게 하셨을까?'

20 | 동네 아저씨 같던 덕장_(德將)

"마지막으로 하고 싶은 말 해 보세요!"

"단기간 성과를 내기 위해서는 고향 쪽으로 보내 주십시오"

면접실 얼음장 같은 긴장감이

한순간에 봄바람으로 녹아내렸네

현장을 누비고 다닐 때면

대나무처럼 유연하게 몸을 낮추시고

소나무처럼 단단한 결단력으로

부하 직원들을 바람막이 해 주시던 분

동네 아저씨처럼 편안한 미소로

커피 한 잔 건네며 들어 주시던 그 경청

그 부드러움 속에 깊이 감춰진 강철 같은 원칙

위기 앞에서도 흔들림 없는 중심

부탁하지 않았는데도

흔쾌히 본사 행 티켓을 허락해 주셨고

뿌리 깊은 나무가 바람에 흔들리지 않듯

흔들림 없는 결정에 날개를 달아 주셨네

뜻하지 않은 회사의 태풍에

우산도 없이 맞으셨을 그 빗줄기

이후 우연히 만났던 그날

낮아진 어깨가 산보다 무거워 보였네

나에겐 여전히 최고의 영원한 본부장님!

경쟁의 바다에서 만난 항해사

폭풍 속에서도 방향을 잃지 않게 했던

바다를 읽는 법을 가르쳐 주신 존재

스스럼없이 먼저 다가와 주신

동네 아저씨 같던 덕장(德將)

구름처럼 부드러운 리더십

그분에게서 유(柔)와 강(剛)을 배웠지만

말처럼 쉽지 않은 실천의 길

부드러움은 약함이 아니며 강함은 경직됨이 아님을

오늘도 혼자 묻습니다, 어떻게 지내시나요?

당신의 제자는 아직 항해 중입니다

삼국지에서 보여지는 리더십에는 여러 스타일이 있다. 대표적으로 용장, 지장, 덕장을 꼽는다. 나에게 리더로서 영향을 준 분은 '동네 아저씨'처럼 편안하면서도 '덕장'이라는 이름에 걸맞은 품격을 가진 분이다.

회사를 옮기는 면접장에서 나는 '단기간 성과를 내기 위해서는 고향 쪽으로 보내 주십시오'라는 답변으로 얼음장 같은 면접실의 긴장감을 한순간에 녹였다. 솔직함, 유머, 겸손함이 담긴 한 문장이었다. 그 당시 면접관이셨던 분. 그의 현장 리더십은 인상적이었다. 직급을 내세우지 않고, 권위를 앞세우지 않으며, 사람들과 눈높이를 맞췄다. 청소하는 분께도, 경비하시는 분께도 똑같이 인사했다.

하지만 그의 부드러움이 약함을 의미하는 것은 아니었다. 원칙이 필요한 순간에는 단호했고, 부하를 지켜야 할 때는 단단한 방패가 되어주었다. '동네 아저씨처럼 편안한 미소로 커피 한 잔 건네며 들어주시던 그 경청'은 그의 소통 방식이었다. 형식적인 보고가 아니라 진짜 대화를 나눴다. 부하의 고민을 듣고, 조언을 해주며, 때로는 자신의 실수담을 들려주며 위로했다.

그 부드러움 속에 깊이 감춰진 강철 같은 원칙. 이것은 균형이었다. 부드러워야 할 때와 단단해야 할 때를 정확히 알았고, 상황에 맞게 대응했다. 그는 선제적 리더십을 발휘했다. 부하가 요청하기 전에 필요한 것을 파악하고, 문제가 커지기 전에 해결하며, 위기가 오기 전에 대비했다. 그것이 진짜 리더십이다.

위기 때 숨는 리더들이 많다. 하지만 덕장은 달랐다. 위기 때 더 적극적으로 나섰고, 부하들을 안심시켰으며, 문제 해결을 주도했다. 능력만으로는 부족하다. 성과만으로도 부족하다. 진짜 리더는 덕을 갖춰야 한다. 인격, 품성, 가치관. 이런 것들이 장기적으로 더 중요하다. 덕장과 함께한 시간은 내 리더십 철학을 형성했다. 부드러우면서도 단단하게, 겸손하면서도 자신감 있게, 친근하면서도 품격 있게. 동네 아저씨 같던 덕장님, 당신의 가르침은 지금도 내 리더십의 근간입니다.

21 | 황금 돼지 저금통

처음 본 그의 모습은

자로 전 듯한 2:8 가르마와

게슈타포 경찰처럼 빈틈없이 정리된 책상

그땐 '노잼'이라는 오해의 딱지도 붙었다.

운명의 바퀴는 우리를 다시 만나게 했네

"이 일, 네가 한번 해봐."와 함께 받아든 서류뭉치들

가시밭길 같았던 그 길

거친 자갈길과 구불구불 산길을 지나고

돌고 돌아 나무는 숲이 되고

그때의 가시는 이제 내 손에 든 꽃

등 떠밀려 받은 일이 전문가의 길이 되고

역설처럼 그를 원망한 과거가 웃긴다.

이제는 당신이 쓰는 인고의 시간

잔잔한 호수에 던져진 돌멩이처럼

당신의 파동이 멀리까지 퍼지는 것을

후배들은 모두 알고 있어요

아차산 정상에서 건넨

황금 돼지 저금통 속에는

후배들의 응원의 기운이 가득

"잘 될 거예요, 선배님"

원칙이란 단단한 지팡이를 건네 주신 분

흔들리지 않는 법을 가르쳐 주신 분

처음엔 딱딱한 나무 같았지만

숲을 지키는 가장 큰 나무였음을 이제야 알았네

오늘도 산에 오르는 길에

당신 이름 새긴 돌탑 하나를 쌓으며

세상의 바람에 쓰러지지 않기를

조용히 기원합니다

노잼에서 인생 멘토로

게슈타포에서 등대지기로

인생의 반전 시나리오를 써 준

황금돼지저금통 같은 당신에게

감사합니다

처음 본 그는 '노잼'이었다. 2:8 가르마에 게슈타포처럼 정리된 책상. 말수 적고, 원칙만 내세우는 딱딱한 사람. 그런 선배가 어느 날 서류뭉치를 건넸다. "이 일, 네가 한번 해봐."

등 떠밀려 받은 일이었다. 가시밭길 같았다. 거친 자갈길과 구불구불 산길을 지나며 나는 그를 원망했다. 왜 나한테 이런 고생을 시키는가. 하지만 돌고 돌아 나무는 숲이 되었다. 그때의 가시는 이제 내 손에 든 꽃이 되었다. 등 떠밀려 받은 그 일이 나를 전문가로 만들었다. 과거의 원망이 웃긴다.

그 동료의 가장 큰 특징은 일관성이었다. 조직이 혼란스러울 때, 사람들이 우왕좌왕할 때, 그는 변함없이 자신의 일을 했다. 원칙이란 단단한 지팡이처럼. 그는 극단적이지 않았다. 거창한 허례허식이 아닌, 매일매일 작은 실천. 꾸준함으로 이루어내는 단순하지만 확실한 방법을 믿었다.

이제는 그가 인고의 시간을 쓰고 있다. 조직의 바람이 거세다. 그때 우리는 아차산 정상에 올랐다. 황금돼지저금통을 올려놓고 기원했다. "잘 될 거예요, 선배님." 그 안에는 후배들의 응원이 가득했다.

함께 일할 때는 몰랐다. 딱딱한 나무 같았지만 숲을 지키는 가장 큰 나무였음을. 흔들리지 않는 법을 가르쳐 주신 분이었음을. 노잼에서 인생 멘토로, 게슈타포에서 등대지기로. 황금돼지저금통, 당신이 건넨 가시가 꽃이 되었듯, 당신의 인고도 금빛 열매 맺기를 기원합니다.

가시밭의 교훈

가시밭의 교훈

22｜너는 좋겠다

너는 좋겠다. 입으로만 일해서

말로만 모든 것을 처리하고

난 손과 발이 모자랄 정도인데,

넌 누구에게 들킬까 봐 책상에 앉아 일하는 척

그래서, 너는 참 좋겠다.

말 잘하는 입술 하나로

남들이 흘린 땀의 결실을 가로채며,

내가 한마디만 할게,

Dog baby, 언젠가 너도 알게 되겠지

입만 가지고 진짜 일을 할 수 없다는 것을

말의 무게는 행동으로 증명된다는 것을

반어법의 이해

‘너는 좋겠다.’ 겉으로는 부러움처럼 들리지만, 속으론 ‘네가 뭘 안다고’, ‘실력도 없으면서’라는 냉소가 숨어있다. 이것은 칭찬이 아니라 반어법이다.

조직에는 정말 입으로만 일하는 사람들이 있다. 손과 발이 모자랄 정도로 뛰어다니는 동료들 옆에서 책상에 앉아 일하는 척한다. 말 잘하는 입술 하나로 남들이 흘린 땀의 결실을 가로채는 모습을 보며 분노했다. 회의 시간엔 그럴듯한 말로 포장하고, 보고 때는 남의 성과를 자기 것처럼 이야기한다. 누가 물어보면 "다들 열심히 했죠"라며 얼버무린다. 하지만 정작 손에 흙 묻힌 사람은 따로 있다.

"너는 좋겠다. 입으로만 일해서." 이 한마디에 담긴 진짜 의미는 '그렇게 계속 살아봐라'는 경고다. 부러움이 아니라 비판이며, 칭찬이 아니라 반어법이다. 시간이 지나며 깨달았다. 입으로만 하는 일엔 한계가 있다. 말의 무게는 행동으로 증명되고, 진짜 실력은 결국 드러난다. 누구에게 들킬까 전전긍긍하며 일하는 척하는 삶이 과연 좋을까.

주변 사람들은 다 안다. 누가 진짜 일하고, 누가 말만 하는지. 표현하지 않을 뿐이다. "너는 좋겠다"는 말로 반어법을 쓸 뿐이다. 언젠가 그들도 알게 될 것이다. 입만 가지고 진짜 일을 할 수 없다는 것을. 말의 무게는 행동으로 증명된다는 것을. 그때까지 나는 묵묵히 손에 흙 묻히며 일할 것이다.

23 | 놈.놈.놈

첫 번째 놈, 광파리처럼 화려하게

주변을 현혹시키는 세 치의 혀

실체는 없지만 빛만 번뜩이는 놈

두 번째 놈, 성과만 챙기고 사라지는

먹튀의 대가, 남겨진 동료들은

뒤처리에 골머리 썩는데

세 번째 놈, 엑셀만 열심히 배워

숫자 몇 개로 세상을 재단하는

사람의 가치를 표에 가두는 놈

세 놈 모두 한결같이

자신만 특별하다 착각하며

다른 이들의 땀으로 지은 탑 위에 서 있네

넌 과연 네가 그렇게 대단한 줄 알지

실력이 뛰어나서 여기까지 온 것인지

아니면 그저 운이 좋았던 것인지

대표로 한마디만 할게 Ten baby

단순한 욕이 아닌

거울 앞에 서 봐야 할 때라는 경고

세 가지의 독

첫 번째 놈, 광파리처럼 화려하다. 회의 때마다 그럴듯한 말로 현혹시킨다. 세 치의 혀로 포장하지만 실체는 없다. 빛만 번뜩이고 내용은 공허하다. 물어보면 "전략적으로 접근해야죠", "시너지를 극대화하면" 같은 말만 반복한다. 정작 손에 흙 묻힌 사람은 따로 있다.

두 번째 놈, '먹튀'의 대가다. 프로젝트 초반엔 열심히 참여하는 척한다. 하지만 중반부터 슬금슬금 빠진다. "다른 업무가 생겨서", "위에서 다른 지시로" 같은 핑계를 댄다. 그러다 프로젝트가 성공하면 어느새 나타나 성과를 챙긴다. 남겨진 동료들은 뒤처리에 골머리를 썩는다.

세 번째 놈, 엑셀만 열심히 배웠다. 숫자 몇 개로 세상을 재단한다. 사람의 가치를 표에 가둔다. "이번 분기 실적이", "KPI 달성률이" 같은 말로 사람을 평가한다. 맥락도, 과정도, 노력도 보지 않는다. 오직 숫자만 본다. 그 뒤에 숨은 땀과 눈물은 관심 밖이다.

세 놈 모두 한결같다. 자신만 특별하다 착각한다. 다른 이들의 땀으로 지은 탑 위에 서 있으면서 말이다. 실력이 뛰어나서 여기까지 온 것인지, 그저 운이 좋았던 것인지조차 모른다.

"Ten baby." 단순한 욕이 아니다. 거울 앞에 서 보라는 경고다. 네가 그렇게 대단한지, 네 실체가 무엇인지 직시하라는 메시지다. 조직엔 이런 놈들이 있다. 그들은 조직을 병들게 한다. 하지만 시간이 지나면 드러난다. 광파리의 빛은 꺼지고, 먹튀는 신뢰를 잃으며, 엑셀 놈은 사람의 마음을 읽지 못해 고립된다. 이제는 분노하지 않는다. 거리를 두고, 감정을 다스리며, 내 일에 집중한다. 그것이 놈들로부터 나를 지키는 방법이다.

24 | 시끄럽다

크게 대단하지도 않은데,

마치 세상을 구한 영웅처럼 목소리만 높이는 너

일하는 척 좀 그만해

회의실과 사무실에 울려 퍼지는 너의 목소리

온 동네 사람들 다 불러놓고 뭐하는 거야

그 소음 속에 가려진 공허함이 느껴져

자기 자랑의 천재로 불러 줄까?

실력은 빈약해도 말만 번지르르한

오래된 속담 알지? 빈 깡통이 요란하다는 것

회의 시간마다 쏟아내는 화려한 말들

당당하게 거짓을 포장하는 재주

그만 좀 떠들어라! 뻥쟁이들아

진짜 실력자들은 말을 아낀다는 걸

언제쯤 깨닫게 될까?

　회의실이 시끄럽다. 별일도 아닌데 목소리만 크다. 간단한 업무 보고를 마치 세상을 구한 영웅담처럼 포장한다. "제가 전략적으로 접근해서", "혁신적인 방법으로 해결했습니다." 실상은 동료가 정리한 자료를 발표한 것뿐이다.

　온 동네 사람들을 다 불러놓고 회의한다. 두세 명이면 충분한 안건에 십여 명을 소집한다. "공유가 중요하니까", "투명성을 위해서"라는 핑계를 댄다. 하지만 진짜 이유는 다르다. 많은 사람 앞에서 자신을 드러내고 싶은 것이다.

　자기 자랑의 천재들이다. 작은 성과를 열 배로 부풀린다. 팀의 성과를 자신의 공로로 둔갑시킨다. "제가 리드해서", "제 아이디어로" 같은 말을 입에 달고 산다. 실력은 빈약해도 말만 번지르르하다. 오래된 속담이 있다. 빈 깡통이 요란하다. 회의 때마다 쏟아내는 화려한 말들. 마치 실제로 그런 일을 해본 것처럼 당당하게 거짓을 포장한다. PPT는 화려하지만 내용은 공허하다. 용어는 세련되지만 실체는 없다.

　반면 진짜 실력자들은 조용하다. 말을 아낀다. 회의 때 많이 말하지 않는다. 하지만 한마디 할 때 무게가 있다. 실제 경험에서 나온 말이기 때문이다. 화려한 포장이 아니라 진솔한 내용이기 때문이다. 묵묵히 일하는 사람들은 드러나지 않는다. 보고서에 이름이 작게 적히고, 회의에서 발언 기회를 양보하며, 성과와 공을 팀과 후배의 것으로 돌린다.

하지만 조직은 안다. 누가 진짜 일하는지, 누가 소음만 만드는지. 시간이 지나면 드러난다. 빈 깡통의 소음은 언젠가 멈춘다. 실체 없는 말들은 결국 신뢰를 잃는다. 반면 묵묵히 일하는 사람들의 가치는 시간이 지날수록 빛난다. 그만 좀 떠들어라, 뺑쟁이들아. 진짜 실력자들은 말을 아낀다는 걸 언제쯤 깨닫게 될까.

25 | 몰려다니지 마라

실력 없는 것들이 네 편 내 편 편가르고

작은 목소리로 속삭이는 복도의 음모가들

누구 라인, 누구누구랑 친하고 떠들어 대며

가십의 달콤한 독에 취해 있는 것들

실력 없는 개들이 무리 지어 다니듯

마치 숲속의 하이에나처럼

혼자서는 사냥할 용기도 없으면서

여럿이 모여 약한 동물을 노릴 모양

진정한 실력자는 언제나 홀로 고독하게 걷지

호랑이는 절대 무리 지어 다니지 않는다는 사실을

기억해야 해, 오직 자신의 발자국에만 책임지는

그 외로운 길이 진짜 강함의 증거임을

회사라는 정글에서

실력으로 인정받고 싶다면

줄 서기와 편들기를 멈추고

당당히 홀로 서서 걸어가

라인이나 파벌에 의지하는 순간
너의 정체성은 그 무리 속에 희석되고
개인의 빛나는 역량이 집단의 그림자에 가려지겠지

너가 그토록 의지하는 그 무리는
위기의 순간 가장 먼저 흩어질 것이고
결국 남는 건 자신의 실력뿐임을
기억하길...

하이에나의 무리

복도에서 속삭이는 목소리들. "누구 라인이래", "저 사람 누구누구랑 친하대". 실력 없는 사람들이 네 편 내 편 편가르며 가십의 달콤한 독에 취해있다. 조직엔 파벌이 있다. 누구의 라인, 누구의 사람. 승진이나 중요 프로젝트 배정도 실력보다 라인이 좌우한다. 줄을 잘 서야 살아남는다는 암묵적 룰이 있다.

하이에나처럼 무리 지어 다닌다. 혼자서는 사냥할 용기도 없으면서 여럿이 모여 약한 동물을 노린다. 회의 때 서로 눈빛 주고받으며 같은 편끼리 의견을 모은다. 누가 반대하면 집단으로 압박한다. "?? 상무 라인은 강하니까 붙어있어야 해", "?? 팀장하고 친하게 지내면 좋은 자리 갈 수 있어". 이런 조언들이 신입 사원에게 전수된다. 실력을 키우라는 조언 대신 줄을 잘 서라는 조언.

반면 진정한 실력자는 홀로 고독하게 걷는다. 호랑이는 절대 무리 지어 다니지 않는다. 오직 자신의 발자국에만 책임진다. 라인이나 파벌 없이 실력으로 인정받는다. 라인에 의지하는 순간 정체성은 그 무리 속에 희석된다. "??의 사람"으로만 기억될 뿐 개인의 역량은 집단의 그림자에 가려진다. 자신의 이름이 아니라 누구의 라인으로 불린다.

위기가 오면 무리는 흩어진다. 파벌의 수장이 흔들리면 그 라인 전체가 무너진다. 평소 그렇게 의지하던 사람들은 가장 먼저 도망간다. 결국 남는 건 자신의 실력뿐이다. 회사라는 정글에서 실력으로 인정받고 싶다면 줄 서기와 편들기를 멈춰라. 당당히 홀로 서서 걸어가라. 외로운 길이지만 그것이 진짜 강함의 증거다.

26 | 똥싸개

여기도 똥, 저기도 똥

뒷수습 없이 여기저기 똥을 남기는 너

참 낮짝은 화강암보다 단단하구나

네 발자국 뒤에 핀 똥의 꽃들

누군가는 너 대신 쓰레받기로 쓸어 담고

너는 아무런 미안함도 없이 여전히 똥, 똥

마치 공작새처럼 화려한 꼬리 펼치며 걷는구나

운이 좋아 그 똥을 밟지 않고

무용수처럼 요리조리 잘 피했겠지만

그러나 우주의 법칙은 간단해서

부메랑은 항상 던진 사람에게 언젠가 돌아오는 법

실적이란 화장품으로 얼굴에 분칠하고

책임이란 짐을 남에게 떠넘기는 마술사

잠시의 박수갈채가 네 귓가를 간지럽히지만

박수 소리 사라진 후엔 무엇이 남을까?

그런 날, 과거를 돌아볼 줄 아는
깨우침이 너에게 찾아올까?
아니면 영원히 똥싸개라는
명예로운 훈장을 달고 살 테냐?

인생의 거울 앞에 서는 날
네가 그토록 피하던 냄새가
사실은 네 몸에서 나는 것임을 알게 되길
그래야 진짜 인간이 될 테니

뒷수습의 고통

여기도 똥, 저기도 똥. 뒷수습 없이 여기저기 사고를 치고 다니는 사람이 있다. 프로젝트를 시작하면 화려하게 출발한다. 하지만 마무리는 엉망이다. 문제가 터지면 이미 다른 일로 넘어간 뒤다.

누군가는 그의 뒤를 쓸어 담는다. 고객 컴플레인 처리, 계약서 오류 수정, 회계 누락 보완. 그가 남긴 똥의 꽃들을 후배들이 쓰레받기로 치운다. 그는 아무런 미안함도 없이 여전히 새로운 일을 벌인다.

공작새처럼 화려한 꼬리를 펼치며 걷는다. "신규 프로젝트 3건 진행", "매출 목표 150% 달성". 실적이란 화장품으로 얼굴에 분칠한다. 하지만 그 이면을 보면 부실 계약, 과장된 약속, 검증되지 않은 납기가 있다.

　책임이란 짐은 남에게 떠넘기는 마술사다. 문제가 터지면 "실무자가 잘못 처리했다", "인수인계가 제대로 안 됐다"며 발뺌한다. 잠시의 박수갈채를 받지만, 박수 소리 사라진 후엔 무엇이 남을까?

　뒷수습 하는 사람들은 안다. 누가 진짜 일하고, 누가 똥만 싸는지. 당장은 화려해 보여도 결국 평판은 떨어진다. 함께 일하고 싶지 않은 사람 1순위가 된다. 진리의 법칙은 간단하다. 부메랑은 항상 던진 사람에게 돌아온다. 그가 남긴 똥은 결국 그에게 돌아간다. 과거 프로젝트의 하자가 불거지고, 고객의 클레임이 쌓이며, 신뢰는 무너진다.

　인생의 거울 앞에 서는 날, 그토록 피하던 냄새가 사실은 자신의 몸에서 나는 것임을 알게 될 것이다. "똥싸개"라는 명예로운 훈장을 달고 살 것인가? 진짜 실력자는 뒷수습까지 완벽하게 한다. 시작만큼 끝도 중요하다. 화려한 실적보다 깨끗한 마무리가 진짜 능력이다.

27 | 완장

실력에 비해 과분한 완장

비단 꽃무늬와 금테를 두른

그 완장의 무게를 알지 못한 채

완장을 차면, 본인이 슈퍼맨인 양

어제의 동료들은 오늘의 하인이 되고

목소리는 두 옥타브 높아진다

종이로 만든 왕관을 쓰고

유리 왕국의 군주가 된 듯

명령어 사전만 두껍게 외운다

마치 완장이 영원할 것처럼

시계의 초침도 멈춘 듯 군림하지만

계절은 어김없이 바뀌는 법

허공에 그린 청사진을 들고

실무자의 땀을 훈장처럼 달고

기념사진 속 자신만 선명하다

권력이란 모래성 위에 지은 성
밀물이 오면 모든 게 무너지는데
그 사실을 아는 이는 드물다

언제까지 그 완장을 차고 있을 거라 생각해?
자리 뺏길까 밤잠 설치면서
언젠가 올 그날을 두려워하며
그냥 웃음만 날 뿐

조직의 생태계는 그렇게
완장의 무게를 아는 자와 모르는 자로
끊임없이 재편되는 풍경

권력의 망상

작은 조각의 천, 완장. 하지만 그것을 찬 순간 사람이 변한다. 실력에 비해 과분한 권력을 얻고, 라인 덕분에 중요한 자리에 올라간 순간, 권력의 망상에 빠진다.

어제의 동료가 오늘의 하인이 된다. 어제까지 "형", "언니" 부르던 사이가 오늘부터 "팀장님", "부장님"이 된다. 목소리는 두 옥타브 높아진다. 회의 때 가장 먼저 발언하고, 가장 마지막에 결론 내린다.

종이로 만든 왕관을 쓰고 유리 왕국의 군주가 된 듯 군림한다. "이거 왜 이렇게 했어?", "다시 해와", "내가 언제 그랬어?" 명령어 사전만 두껍게 외운다. 마치 완장이 영원할 것처럼 시계의 초침도 멈춘 듯 행동한다.

허공에 그린 청사진을 들고 발표한다. 실무자들이 밤새 만든 결과물을 들고 임원 앞에 선다. 실무자의 땀을 훈장처럼 달고 박수 받는다. 기념사진 속엔 자신만 선명하다. 뒤에서 고생한 사람들은 흐릿하게 지워진다. 완장이 만든 권력을 자신의 실력으로 착각한다. 부하의 복종을 존경으로 착각하고, 부하의 침묵을 동의로 오해한다. 직급이 주는 권한을 개인의 카리스마로 착각한다.

하지만 권력은 모래성이다. 밀물이 오면 무너진다. 계절은 어김없이 바뀐다. 자리 뺏길까 밤잠 설치고, 언젠가 올 그날을 두려워한다. 완장을 벗으면 아무것도 남지 않을 텐데. 완장을 벗으면 아무도 연락하지 않는다. 그 냉혹한 현실을 알까? 사람들이 따른 건 그가 아니라 완장이었다. 권력이 사라지면 관계도 사라진다. 조직의 생태계는 끊임없이 재편된다. 완장의 무게를 아는 자와 모르는 자로. 진짜 리더는 완장 없이도 존경받는 사람이다.

28│흰 방

작은 문과 스마트키를 누르고 들어간 방

좁은 방에 들어서면 온통 하얀색과 냉기가 얼굴을 때린다.

백지처럼 차갑게 웃는 천장의 마이크

맞은편에 놓인 쌍둥이 노트북은 눈을 깜박이며 질문을 한다.

모든 것이 새하얗게 빛나는 수술실 속에

해부될 준비를 마친 표본이 된 기분

첫 질문, 두 번째 질문, 열 번째 질문

동일한 내용이 다른 각도로 찔러온다.

처음엔 당당했던 목소리가 점차 갈라지고

백지 위에 번지는 먹물처럼 자신감이 흐려진다.

어느 순간 거울 속엔 낯선 사람

무언가 잘못 배선된 로봇처럼 입만 움직이는

그 순간의 치욕이 피처럼 하얀 벽에 튀었지만

아무도 보지 못한 붉은 얼룩

가끔 꿈속에서 그날의 하얀 방이 찾아온다.

도망치려 해도 사방이 하얗게 막힌 미로

귓가에 맴도는 질문들, 심장을 파고드는 침묵

꿈에서 깨어나 보니 온몸을 적신 식은땀 방울들

세월은 흘러 그날의 기억이 지나갔지만

하얀 방의 기억은 내 맘속에 검은 방으로 남아

매일 밤 나를 찾아와 속삭인다.

'네가 약했어, 네가 순진했어'

하지만 이제 알게 되었다.

하얀 방이 만든 검은 상처가

나를 더 단단하게 만들었음을

오뚜기처럼 쓰러져도 다시 일어나

당신들보다 더 크게 성장하는 것

그것이 진짜 복수임을 깨달았다

당신들이 준 치욕의 무게만큼
나는 더 무겁게, 더 단단하게
하얀 방에서 배운 가장 검은 교훈은
더 큰 사람이 되는 것이었다

순결한 분노

흰 방. 조사실. 스마트키를 누르고 들어서면 온통 하얀색과 냉기가
얼굴을 때린다. 나는 억울했다. 선배들이 쌓아놓은 일들을 들고 그곳
에 갔다. 오래전 선배들이 시작한 일. 부실한 계약과 허점들. 문제가
터지자 그들은 사라졌다. 책임은 전가되었다. "네가 실무 담당이니
까", "네가 확인했어야지".

"이전에 안 돼서 제가 해결을 해놨는데요.."

천장의 마이크가 차갑게 웃는다. 맞은편 쌍둥이 노트북이 눈을 깜
박이며 질문한다. 첫 질문, 두 번째 질문, 열 번째 질문. 동일한 내용이
다른 각도로 찔러온다. 처음에 당당했던 목소리가 점차 갈라진다. "정
말 몰랐습니까?", "왜 확인하지 않았습니까?", "책임이 없다고 생각합
니까?" 백지 위에 번지는 먹물처럼 자신감이 흐려진다. 어느 순간 거
울 속엔 낯선 사람. 무언가 잘못 배선된 로봇처럼 입만 움직인다.

그 순간의 치욕. 피처럼 하얀 벽에 튀었지만 아무도 보지 못한 붉은

얼룩. 해부될 준비를 마친 표본처럼 무력했다. 가끔 꿈속에서 그날의 하얀 방이 찾아온다. 도망치려 해도 사방이 하얗게 막힌 미로. 귓가에 맴도는 질문들, 심장을 파고드는 침묵. 식은땀에 젖어 깬다.

하얀 방의 기억은 내 마음속에 검은 방으로 남았다. 매일 밤 찾아와 속삭인다. "네가 약했어, 네가 순진했어." 선배와 동료를 믿었던 것이 잘못이었다. 책임 전가를 예상하지 못한 것이 순진했다. 하지만 이제 알게 되었다. 하얀 방이 만든 검은 상처가 나를 더 단단하게 만들었음을. 오뚜기처럼 쓰러져도 다시 일어났다. 다시는 당하지 않으리라. 모든 과정을 기록하고, 모든 책임을 명확히 하며, 나 자신을 지키는 법을 배웠다.

진짜 복수는 무엇인가? 그들보다 더 잘되는 것이다. 더 단단해지고, 더 큰 사람이 되는 것. 그리고 후배들에게는 절대 이런 짓을 하지 않는 것. 하얀 방에서 배운 교훈은 이것이다. 악순환을 끊고, 더 나은 사람이 되는 것이 진짜 강함이라는 것을.

고요한 성찰

고요한 성찰

29 | 시월의 마지막 밤

낙엽이 혼을 떨구는 시월

나는 맑은 소주를 만난다

투명한 병 속에 담긴 가을의 고백

평소엔 소주 세 잔이 한계인 나지만

시월의 마지막 밤, 떠나는 가을이 아쉬워

일 년에 한 번 맑은 소주 한 병을 비운다

스무 살 그날의 낙엽 소리가

아직도 귓가에 맴도는데

첫 잔을 들면

기억의 문이 살며시 열리고

황금빛 은행나무 아래 떠오르는 그림자

두 번째 잔엔

지나온 세월의 무게가 쌓이고

버려야 했던 꿈들이 낙엽처럼 흩날린다

세 번째 잔부터는

평소의 나를 벗어나

삶의 굴곡들과 마주하는 용기가 생긴다

맑은 소주 한 병을 비우는 동안

거울 속에 비친 내 모습은

시간의 풍화를 견딘 앙상한 가지

마지막 잔을 비울 때쯤

창밖의 어둠은 깊어지고

술병 속 달빛만이 나를 위로한다

시월의 마지막 밤

홀로 맑은 소주를 마시며 나는 안다

슬픔도 기쁨도 모두 지나간다는 것을

매년 이 의식을 기다리는 이유는

아픔을 껴안는 법을 배우는 나만의 쓸쓸한 성장 의식

가을은 가고 또 돌아오듯

내년에도 나는 맑은 소주를 만나

또 한 해의 무게를 비워낼 것이다

시월의 마지막 밤. 나는 혼자 준비한다. 맑은 소주 한 병, 낙엽 한 줌, 편지지 한 장. 이것은 매년 반복하는 나만의 의식이다. 평소엔 소주 세 잔이 한계다. 하지만 시월의 마지막 밤만큼은 다르다. 일 년에 단 한 번, 떠나는 가을이 아쉬워 맑은 소주 한 병을 비운다.

첫 잔을 들면 기억의 문이 열린다. 스무 살 그날의 낙엽 소리, 황금빛 은행나무 아래 떠오르는 그림자. 올해 만났던 사람들, 겪었던 일들이 주마등처럼 지나간다. 두 번째 잔엔 세월의 무게가 쌓인다. 이루지 못한 꿈들, 포기해야 했던 것들, 버려야 했던 관계들. 낙엽처럼 흩날리는 기억들을 하나씩 떠올린다.

세 번째 잔부터는 용기가 생긴다. 평소에는 마주하기 싫었던 삶의 굴곡들. 실패, 후회, 아픔. 이제는 담담히 바라볼 수 있다. 마당에 나가 낙엽을 태운다. 올해의 후회, 미련, 원망을 낙엽과 함께 태운다. 연기가 하늘로 올라가며 마음도 함께 가벼워진다.

단풍을 보러 간다. 혼자서. 붉게 물든 단풍은 아름답지만 곧 떨어질 것을 안다. 모든 것은 지나간다는 것을. 슬픔도, 기쁨도. 돌아와 편지를 쓴다. 올해 하지 못했던 말들. "미안해", "고마워", "사랑해". 말하지 못한 것들을 적는다. 편지를 타임캡슐에 넣고 내년 시월까지 봉인한다.

마지막 잔을 비울 때쯤 창밖의 어둠은 깊어진다. 거울 속 내 모습은 시간의 풍화를 견딘 앙상한 가지 같다. 술병 속 달빛만이 나를 위로한다. 이것은 나만의 쓸쓸한 성장 의식이다. 아픔을 껴안는 법을 배우는 시간. 한 해를 정리하고 또 한 해를 준비하는 시간. 가을은 가고 또 돌아온다. 내년에도 나는 시월의 마지막 밤, 혼자 맑은 소주를 만나 또 한 해의 무게를 비워낼 것이다.

30 | 나의 빛

오래된 노래를 무한 반복한다

귓가에 울리는 선율이

오래된 상자를 여는 열쇠가 되어

봉인된 기억들을 흔들어 깨운다

들을 때마다 쏟아지는 눈물

한 줄 한 줄 가사가 가슴에 꽂히는 화살

"나는 내가 하늘의 별이라 믿게 했던 착각"

흘러내리는 눈물에 잠시 눈을 감는다

눈을 감으니 어릴 적 희미한 장면들이

물결처럼 밀려온다

작은 손을 잡고 "넌 할 수 있어"라고

속삭이던 부모님의 목소리

개똥밭의 작은 개똥벌레였을 뿐인데

부모님은 나를 빛나는 별이라 불렀다

어둠 속에서도 빛을 발하는 법을

그렇게 나는 배웠다

꼬꼬마 시절 해맑은 미소도 잠시
인생이라는 긴 터널에 들어서며
수많은 고통의 벽에 부딪히고 쓰러졌다
그런데도 다시 일어났다, 또 일어났다

별이 아닌 벌레라는 사실을 알게 된 순간에도
빛날 수 있다는 믿음은 어디서 온 걸까?

삶과 고통은 공존한다는 진실을 깨달은 후에야
이해했다, 내 안의 반딧불이를
개똥밭에서도 자신만의 빛을 내는
그 작은 생명의 의지를

오늘도 그 노래를 반복해서 듣는다
개똥벌레와 별 사이 어딘가에 서서
내일 만날지도 모를 삶의 고통을
의연하게 맞이할 준비를 하며

아무리 어두운 밤이라도
나는 빛날 테니까

내면의 등불

나는 오랫동안 밖에서 빛을 찾았다. 성공이 빛인 줄 알았고, 인정이 빛인 줄 알았으며, 승진이 빛인 줄 알았다. 젊은 시절의 나는 그랬다. 외부의 것들에서 의미를 찾으려 했다. 하지만 그것들은 빛이 아니라 그림자였다. 프로젝트가 성공해도 공허했다. 인정받아도 만족스럽지 않았다. 승진해도 행복하지 않았다. 왜냐하면 진짜 빛은 그곳에 없었기 때문이다.

진짜 빛은 내 안에 있었다. 아침에 눈을 떴을 때 느끼는 감사, 가족의 웃음소리에 번지는 미소, 친구와 나누는 소박한 대화. 평범한 것들, 당연한 것들. 그것들이 진짜 빛이었다.

이제서야 알게 된 것이 있다. 빛은 화려하지 않아도 되고, 크지 않아도 되며, 멀리 비추지 않아도 된다는 것. 작아도 괜찮다. 어두워도 괜찮다. 내 주변만 비춰도 충분하다. 내 안의 작은 촛불 하나가 누군가에겐 등대가 될 수 있다. 거창한 성공이 아니어도 된다. 작은 친절, 진심 어린 위로, 따뜻한 격려. 이런 것들이 누군가에게는 큰 빛이 될 수 있다.

나는 더 이상 밖의 빛을 쫓지 않는다. 내 안의 빛을 키운다. 외부의 인정보다 내면의 평화, 타인의 평가보다 자기 확신, 세상의 기준보다 나만의 가치. 지금까지 겪어온 일들을 통해 배운 것은 나 자신이 빛나는 것이다. 완벽하지 않아도, 성공하지 못해도, 특별하지 않아도. 나는 나로서 가치가 있고, 존재 자체가 빛이다.

　세상은 여전히 어둡다. 하지만 나는 더 이상 어둠을 두려워하지 않는다. 왜냐하면 내 안에 빛이 있으니까. 나의 빛. 그것은 타인이 켜준 것이 아니라 스스로 밝힌 것이다. 세상이 준 것이 아니라 내가 발견한 것이다. 그리고 이제 나는 그 빛으로 나머지 인생을 비춰갈 것이다. 작지만 확실한, 어둡지만 따뜻한, 내 안의 등불로.

생각

-개똥철학

결국 나를 살린 건
'나는 한다'였다

결국 나를 살린 건
'나는 한다'였다

01 | 16살, 나의 삶과 약속

* 출처: 자작시에서 인용

중학교 3학년, 고등학교를 어디로 가야 할지, 무엇을 선택해야 할지 몰랐다. 정답이 있는 문제 같았는데, 아무도 답을 주지 않았다.

어느 날 밤, 작은 방에 혼자 앉아 일기장을 펼쳤다. 누가 시킨 것도 아니었다. 그냥 가만히 있으면 불안이 더 커질 것 같았다. '백 살까지 산다면 나는 무엇을 하고 싶을까.' 십 년 단위로 인생을 나눠 적어 내려갔다. 지금 생각하면 조금 우습다. 열여섯 살이 백 살 인생을 설계하겠다니. 하지만 그때의 나는 진지했다. 불안했고, 막막했고, 그래서 더 절박했다. 그리고 마지막에 한 편의 짧은 시를 적었다. 그게 '나의 삶과 약속'이었다.

솔직히 말하면, 나는 자신감이 없었다. 환경도 넉넉하지 않았고, 특별히 잘하는 것도 없었고, 앞날이 선명하게 보이지도 않았다. 그래서 더 크게 썼다. "나는 한다." 믿어서 쓴 게 아니라, 믿고 싶어서 쓴 말이었다.

'백절불굴'은 국어 교과서에서 배운 사자성어였다. 백 번 꺾여도 굽히지 않는다는 뜻. 지금 생각하면 거창하다. 열여섯 살이 쓰기에는 과한 말이었다. 그런데 그 단어가 이상하게 마음에 들었다. 재능이 없다면 버티면 되지 않을까. 빨리 못 가면 오래 가면 되지 않을까. 나는 빠른 사람이 아니라 멈추지 않는 사람이 되고 싶었다.

고등학교 3년 동안 매일 아침 그 시를 읽고 썼다. 시험이 망한 날에도, 친구와 멀어진 날에도, 미래가 막막해 숨이 막히던 날에도 일기장을 펴고 같은 문장을 적었다. 처음에는 공허했다. 내가 나를 속이는 느낌도 들었다. 그런데 반복은 사람을 바꾼다. 어느 순간부터 그 문장이 나를 움직이기 시작했다. 도망치지 않게 만들었고, 포기하지 못하게 만들었다.

대학에 가서도 썼고, 직장에 들어가서도 썼고, 억울한 시간을 건너던 날에도 썼다. 환경은 크게 달라지지 않았지만 나는 예전보다 조금 덜 핑계 대는 사람이 되었다.

이 말이 주문처럼 나를 성공시킨 건 아니다. 다만 선택을 미루지 않게 했고, 핑계를 줄이게 했고, 넘어져도 다시 일어나게 했다. 도망치지 않겠다는 다짐 하나가 여기까지 버티게 해줬다.

그리고 오늘도 나는 일기장을 펼치고 그 문장을 다시 쓴다.

나는 한다.

02 | 요다 마스터가 막아버린 변명

* 출처: 영화 '스타워즈: 제국의 역습'(1980)

고등학교 2학년 겨울이었다. TV에서 우연히 『스타워즈』를 보다가 요다가 루크에게 이 말을 던지는 장면에서 채널을 돌리지 못했다. 괜히 뜨끔했다.

나는 "해볼게요"라는 말을 자주 썼다. 선생님이 시키면 "해볼게요." 부모님이 부탁하면 "한번 해볼게요." 잘되면 좋고, 안 되면 "해봤는데 안 됐어요"라고 말하면 그만이었다. 생각해보면 꽤 편한 말이었다. 이미 빠져나갈 구멍을 열어둔 채 하는 약속이었으니까.

요다는 그 구멍을 막아버렸다. "하거나, 하지 마라."

처음엔 좀 가혹하게 느껴졌다. 해보지도 않고 어떻게 아느냐고 속으로 반박했다. 그런데 며칠이 지나도 그 문장이 계속 머리에 남았다. 가혹한 건 요다가 아니라 책임을 피하려던 내 말버릇이 아니었을지도 모른다. '해볼게요'는 사실 하겠다는 말이 아니라 다치지 않겠다는 말에 가까웠다.

그날 저녁 동네를 한 바퀴 뛰면서 혼자 중얼거렸다. 앞으로는 조금 덜 숨자고.

그래서 연습처럼 말하기 시작했다. "하겠습니다." 아니면 "지금은 어렵습니다." 처음엔 무서웠다. 특히 "할 수 없습니다"라고 말하는 건 쉽지 않았다. 괜히 무능해 보일까 봐, 게을러 보일까 봐 겁이 났다.

그래도 몇 번 말해보니 묘하게 달라졌다. "하겠습니다"라고 말하면 핑계를 찾기보다 방법을 찾게 됐다. "지금은 어렵습니다"라고 말하면 억지로 끌려가다 망치는 일은 줄었다. 말 하나 바꿨을 뿐인데 적어도 나 자신에게는 조금 덜 부끄러워졌다.

지금도 회의에서 "이거 해볼 수 있어요?"라는 질문을 받으면 가끔은 여전히 "해보겠습니다"가 먼저 튀어나오려 한다. 그럴 때 잠깐 멈춘다. 그리고 다시 말한다. "하겠습니다." 또는 "지금은 어렵습니다."

완벽하게 지키고 있는 건 아니다. 그래도 예전처럼 쉽게 도망치지는 않는다.

열일곱의 겨울, 요다에게 배운 건 영어 문장이 아니라 내 변명을 조금 줄이는 연습이었다.

03 | 무너지기 전에 숨을 고른다

* 출처: 영화 '쿵푸 팬더'(2008), 마스터 시푸

2008년, 회사에서 일이 터졌다. 거래처 사장님이 갑자기 사라졌다. 남겨진 매장, 이행되지 않은 계약, 밀려드는 전화. 선배들은 "곧 나타나겠지"라고 했지만 두 달이 지나도 소식은 없었다. 한 번 길에서 그를 본 적이 있다. 말을 걸지 못했다. 그게 마지막이었다.

그 이후로 밤이 길어졌다. 잠을 자도 잔 것 같지 않았고 눈을 감으면 '만약'이 먼저 떠올랐다. 만약 다 무너지면. 만약 내가 책임을 져야 한다면. 아직 아무 일도 확정된 건 없었는데 나는 이미 무너지고 있었다.

그 무렵, 아무 생각 없이 틀어놓은 애니메이션에서 한 문장이 귀에 들어왔다. "마음이 평온하다면 무엇이든 할 수 있다." 쿵푸 팬더였다. 조금 우습기도 했다. 그런데 이상하게 그 말이 마음에 걸렸다.

가만히 생각해보니 상황이 전부는 아니었다. 나는 이 일을 완전히

처음 겪는 사람도 아니었고 아무것도 모르는 사람도 아니었다. 그런데 계속 흔들렸다. 실력이 부족해서라기보다 불안이 앞서 있었던 것 같다. 두려움이 생각을 과장했고, 초조함이 판단을 흐리게 했다.

그래서 잠깐 멈춰보기로 했다. 아침마다 15분, 아무것도 하지 않고 가만히 앉아 숨을 들이마시고 천천히 내쉬었다. 처음엔 엉망이었다. 잡념이 쏟아졌고 5분도 버티기 힘들었다. '이걸 왜 하고 있지' 싶은 날도 많았다. 그래도 그냥 계속했다.

불안이 완전히 사라진 건 아니었다. 다만 예전처럼 바로 휩쓸리지는 않게 됐다. 흥분이 올라와도 예전보다는 한 박자 늦게 반응했다. 그게 대단한 변화는 아니었다. 그래도 완전히 망가지지는 않게 해줬다.

정리를 마치는 데 2년 반이 걸렸다. 그 시간 동안 특별히 강해진 건 아니다. 다만 무너지기 전에 숨을 고르는 법을 조금 배웠다.

지금도 큰 일을 앞두면 불안은 올라온다. 예전보다 덜할 뿐, 사라지지는 않았다. 그럴 때 나는 해결책부터 찾으려 하지 않는다. 먼저 숨을 고른다. 적어도 마음이 먼저 무너지지는 않게, 그 정도만 붙들어보려고 한다.

04 | 줄 위에서 걷는 법

* 출처: 자작

직장 생활 몇 년 차, 신입 딱지는 뗐지만 여전히 가장 낮은 자리에서 버티던 시절이었다. 처음엔 자존감이 많이 흔들렸다. 말 한마디에 하루 기분이 오르내렸고, 회의 한 번이면 스스로를 의심했다.

사실 신입 초기의 나는 속으로 꽤 자신만만했다. "나는 뭐든 할 수 있다"는 쪽에 가까웠다. 문제는 그 마음이 현실을 만나자마자 쉽게 깨졌다는 것이다. 실수 한 번, 질책 한 번이면 그 자신감이 사실은 자만이었나 싶었다.

그러다 이번엔 반대쪽으로 달렸다. 지나치게 신중해졌다. 결정을 미뤘고, 확신이 생길 때까지 기다렸다. 그 결과도 썩 좋지 않았다. "자신감도 없고 결단력도 없으면 다른 일을 하는 게 맞지 않나?" 그 말을 듣고 집에 돌아와 한참을 가만히 앉아 있었다. 자신감이 넘치면 부딪히고, 신중해지면 뒤처지고. 어디가 맞는 건지 잘 모르겠던 시절이었다.

돌이켜보면 나는 자주 한쪽 끝으로 갔다. 자신감과 자만 사이, 신중함과 우유부단 사이, 겸손과 자기비하 사이. 경계는 얇았는데 나는 그 선을 잘 넘었다.

그래서 어느 날 일기장에 세 줄을 적었다. 자신감은 갖되 자만하지 말 것. 신중하되 머뭇거리지는 말 것. 겸손하되 자존심은 버리지 말 것. 거창한 철학은 아니었다. 그저 또 한쪽 끝으로 쏠리지 않으려는 기록에 가까웠다.

막상 해보니 쉽지 않았다. 말을 아끼면 위축됐고, 세게 말하면 괜히 오만해 보였다. 결정을 미루면 무능해 보였고, 서두르면 경솔해 보였다. 매번 줄 위에 올라선 기분이었다.

그래도 조금씩 감은 생겼다. 할 말은 하되 내가 틀릴 수도 있다는 여지는 남겨두는 것, 충분히 생각하되 정한 뒤에는 미루지 않는 것, 고개는 숙이되 스스로를 깎아내리지는 않는 것.

지금도 크게 다르지 않다. 균형이라는 게 도착점은 아닌 것 같다. 그날그날 조금씩 조정하는 쪽에 가깝다. 그래서 오늘도 완벽하진 않지만, 떨어지지 않으려고 애쓰며 그 줄 위를 걷고 있다.

05 | 멈추지 않는 사람

강이 바위를 뚫고 흐르는 이유는

힘이 세기 때문이 아니라

멈추지 않기 때문이다.

지속적인 열정과 끈기가 운명을 바꾼다.

* 출처: 알 수 없음. SNS에서 발견(2022)

다시 공부를 시작해야 하는 순간이었다. 합격 통지서를 받았는데 기쁘기보다 막막했다. 이미 한 번 긴 시간을 공부에 쏟았는데 또 몇 년을 같은 자리에 앉아 있어야 한다는 생각이 숨을 막히게 했다.

그날 밤 잠이 오지 않았다. 휴대폰을 만지작거리다 아무 생각 없이 SNS를 넘기고 있었다. 그러다 그 문장을 봤다. 강이 바위를 뚫는 이유는 힘이 세서가 아니라 멈추지 않기 때문이라는 말. 누가 쓴 말인지 몰랐다. 출처도 알 수 없었다. 그런데 이상하게 그 문장이 마음에 걸렸다.

나는 늘 재능 있는 사람들을 부러워했다. 빠르게 이해하는 동료들, 가볍게 성과를 내는 사람들, 타고난 것처럼 보이는 경쟁자들. 그들에 비해 나는 평범했다. 특별히 뛰어난 것도 없고, 번뜩이는 영감도 없고, 남들보다 빠르지도 않았다.

그래도 돌아보면 한 가지는 있었다. 잘해서라기보다 그만두지 않았던 시간들.

물은 약하다. 손으로 쥐면 빠져나가고 발로 차면 흩어진다. 그런데도 결국 바위를 조금씩 깎는다. 한 번에가 아니라, 계속해서.

그 문장을 보고 나서 거창한 결심이 생긴 건 아니었다. 그냥 '이번에도 중간에 그만두지만 말자' 그 정도였다. 등록 마감일에 입학금을 냈다. 확신이 있어서라기보다 미루고 싶지 않아서였다.

중간에 울기도 했다. 포기하고 싶었던 날도 있었다. '괜히 시작했나' 싶은 밤도 있었다. 그래도 완전히 멈추지는 않았다.

지금은 졸업 논문과 씨름 중이다. 바위를 뚫었다고 말하긴 어렵다. 다만 어제보다 오늘 한 줄은 더 썼다. 그래서 오늘도 한 방울을 더 떨어뜨린다. 언젠가 뚫릴 거라는 확신이 있어서라기보다 지금 할 수 있는 게 그거라서.

나는 대단한 사람이 아니다. 그냥, 아직 멈추지 않은 사람일 뿐이다.

억울한 시간을 건너는 법

억울한 시간을 건너는 법

06 | 억울한 시간이 준 교훈

하나, 내려놓는 법은 평정심의 근본

둘, 인내는 무사장구의 근본

셋, 목표와 방향이 명확하면 정상에 오르고 내려오는 시간차
만 있을 뿐이다.

결국, 지속적인 열정과 끈기(인내)가 운명을 바꾼다.

* 출처: 자작, 억울한 시기를 이겨낸 후 깨닫게 된 지혜 (2018년)

내 잘못이 아닌 일로 시간을 통째로 잃어버렸다고 느낀 적이 있다.

억울했다. 설명할 수도 없었고, 따져 물을 수도 없었다. 그냥 받아들여야 하는 상황이었다. 그렇게 3년이 흘렀다.

겉으로는 버티고 있었지만 속에서는 계속 끓고 있었다. '왜 하필 나인가.' '왜 지금인가.' 분노는 생각보다 오래 남았다. 좌절도 쉽게 사라지지 않았다. 하루가 유난히 길었다.

어느 날, 문득 이런 생각이 스쳤다. '이렇게 더 잃어버릴 건가.' 대단한 깨달음은 아니었다. 그냥 더는 같은 감정에 붙잡혀 있고 싶지 않았던 것 같다.

덮어두었던 일기장을 다시 꺼냈다. 읽지 않던 문장을 소리 내어 읽고, 다시 적었다. 마음이 단번에 정리되지는 않았다. 그래도 조금씩 끓

던 감정이 낮아졌다.

'억울하게 잃어버린 시간'이라는 말을 스스로에게 덜 쓰기로 했다. 과거는 바꿀 수 없었다. 그 시간을 계속 붙잡고 있는 건 어쩌면 나 자신이었는지도 모른다. 놓는다고 해서 괜찮아진 건 아니었다. 다만 숨이 조금은 편해졌다.

속도도 다시 생각해봤다. 3년이 늦었다면, 그만큼 돌아가면 되지 않을까. 남들이 4년에 끝낼 일을 나는 7년에 해도 되는 것 아닐까. 산은 도망가지 않는다는 말을 그때는 스스로에게 자주 했다. 위로였는지, 자기합리화였는지 지금도 정확히는 모르겠다.

다만 그 3년 동안 감정에 휩쓸리지 않으려고 애쓰는 법을 조금은 연습했다. 속도를 포기하는 법도, 그래도 방향은 놓지 않으려는 법도.

그 시간이 완전히 의미 있었다고 말하긴 아직 어렵다. 그래도 그 시간 덕분에 예전처럼 바로 무너지지는 않게 됐다.

지금도 억울한 일이 생기면 여전히 화가 난다. 다만 예전처럼 그 감정에 오래 머물지는 않으려 한다. '이 시간을 어떻게 건널 것인가.' 완벽한 답은 없다. 그래도 그 질문을 던질 수 있게 된 것, 그 정도면 그 3년이 완전히 헛되지는 않았다고 가끔은 생각한다

07 하늘을 탓하지 않는 법

하늘이 나에게 복을 박하게 준다면

나는 덕을 더 두터이 쌓아 다시 기다릴 것이다.

하늘이 나의 육신을 괴롭힌다면

나는 마음을 편하게 가져 그 손실을 메울 것이다.

하늘이 나에게 나쁜 환경을 준다면

나는 도를 이룩하여 막힌 길을 뚫을 것이다.

이렇게 마음을 가진다면 하늘이 아무리 모질든

 나를 어떻게 하겠는가?

* 출처: 홍자성, '채근담' 중

고등학교 시절, 도서관 동양 고전 서가에서 낡은 책 한 권을 집어 들었다. 공부가 하기 싫어서 펼친 책이었다. 짧은 글들이 이어지다가 한 구절에서 멈췄다. 이상하게 다음 장으로 넘어가지지 않았다.

그때의 나는 환경을 자주 탓했다. 왜 나는 늘 어렵게 가야 하는지. 왜 남들은 쉽게 얻는 것을 나는 오래 돌아가야 하는지. 겉으로는 말하지 않았지만 속으로는 불공평하다고 생각했다.

그런데 채근담은 전혀 다른 방향을 가리켰다. 복이 박하면 덕을 쌓으라. 몸이 괴로우면 마음을 편히 하라. 환경이 나쁘면 길을 뚫으라.

처음에는 솔직히 반발심이 들었다. '말은 쉽지.' 환경이 어려운데 왜 또 내가 더 해야 하나. 왜 상황이 아니라 내 태도를 먼저 보라는 건가.

그런데 그 문장은 이상하게 계속 마음에 남았다. 핑계를 오래 붙잡고 있지 못하게 했다.

나는 그 구절을 노트에 옮겨 적었다. 그리고 완벽하게 실천하겠다는 결심 대신 그냥 한 번씩 떠올려보기로 했다. 운이 없다고 느껴질 때 "왜 나에게만" 대신 "그럼 내가 할 수 있는 건 뭘까"라고 질문을 바꿔보았다. 쉽지는 않았다. 속으로는 여전히 억울했고 여전히 비교했다. 다만 예전처럼 환경을 탓하는 데 하루를 다 쓰지는 않게 되었다.

마지막 문장은 지금도 강하게 남아 있다. "하늘이 아무리 모질든 나를 어떻게 하겠는가." 이 문장을 완전히 내 것으로 만들었다고 말하긴 어렵다. 다만 힘들 때 잠시 기대는 문장 정도는 되었다.

하늘은 여전히 제멋대로다. 상황도 마음대로 흘러가지 않는다. 그래도 예전보다 조금은 덜 원망한다. 하늘을 탓하지 않겠다고 완전히 다짐한 건 아니다. 다만 탓하는 시간을 조금 줄이려는 중이다. 그 정도면, 나는 아직 연습 중이라고 말해도 되지 않을까.

08 | 불가능한 꿈을 다시 허락하다

이룰 수 없는 꿈을 꾸고

이루어질 수 없는 사랑을 하고

이길 수 없는 적과 싸움을 하고

견딜 수 없는 고통을 견디며

잡을 수 없는 저 하늘의 별을 잡다.

* 출처: 뮤지컬 '맨 오브 라만차' 중 '불가능한 꿈' 가사

사회생활 초년생 때였다. 큰 기대 없이 보러 간 뮤지컬에서 돈키호테가 노래를 시작했다. "이룰 수 없는 꿈을 꾸고…" 처음에는 조금 과장처럼 들렸다. 현실과는 거리가 먼 이야기 같았다.

그때의 나는 이미 꽤 현실적인 사람이 되어 있었다. 십대 때는 이룰 수 있을지 모르는 꿈을 말하곤 했지만 몇 번 부딪히고 나니 목표가 달라졌다. '가능한 것만 하자.' '안전하게 가자.' 이룰 수 있을 만큼의 목표만 세웠다. 실패가 두려웠다기보다 다시 상처받는 게 싫었다.

그런데 무대 위의 돈키호테는 정반대의 말을 하고 있었다. 이룰 수 없는 꿈을 꾸라고. 이길 수 없는 적과 싸우라고. 논리적으로는 이상한 말이었다. 이길 수 없는데 왜 싸우지. 그런데 이상하게도 그 말이 마음에 남았다.

곰곰이 돌아보니 내가 가장 많이 흔들리고, 또 가장 많이 배웠던 순간은 늘 계산이 맞지 않을 때였다. 확신이 없었고, 결과가 보장되지 않았고, 괜히 시작했나 싶었던 선택들. 안전한 선택 속에서는 크게 다치지도 않았지만 크게 자라지도 않았다.

뮤지컬이 끝나고 극장을 나설 때 괜히 눈물이 났다. 꿈을 포기했다기보다 꿈을 너무 빨리 현실적인 단어로 바꿔버렸다는 생각이 들었다.

그날 밤 거창한 다짐은 하지 않았다. 다만 앞으로 모든 선택을 계산으로만 고르지는 말자고 조금은 여지를 남겨두기로 했다.

그 이후 몇 번의 선택은 예전의 나였다면 하지 않았을 결정이었다. 결과가 항상 좋았던 건 아니다. 실패도 있었고, 괜히 시작했나 싶은 날도 있었다. 그래도 하나는 분명했다. 적어도 너무 안전한 쪽으로만 도망가지는 않았다는 것.

지금도 중요한 결정을 앞두면 여전히 망설인다. 계산도 하고, 위험도 따져본다. 다만 마지막에 한 번쯤 이렇게 묻는다. '이건 너무 안전해서 고른 선택은 아닌가.' 그리고 가끔은, 아주 조금만 별 쪽으로 몸을 기울여본다.

09 | 불 속에 들어갔다는 사실

그대를 괴롭히고 슬프게 하는 일들을 하나의 시련이라고 생각

하라!

쇠는 불에 달구어야 강해진다.

그대도 지금 당하고 있는 시련을 통해서

더욱 마음이 굳세질 것이다.

* 출처: 마르쿠스 아우렐리우스, '명상록' 중

공부가 한창 힘들던 시기였다. 체력은 바닥이었고 논문 한 편을 읽는 데도 예전보다 두 배의 시간이 걸렸다. 집중은 오래가지 않았고 과제를 앞두면 숨이 막혔다. 휴학을 할까. 여기서 멈출까. 솔직히 그만둔다고 해서 누가 나를 크게 비난하겠는가. 그 밤은 길었다.

마음이 정리되지 않을 때 나는 서점을 찾곤 한다. 그날도 대형 서점에서 의미 없이 책등을 훑다가 『명상록』을 펼쳤다. "괴롭고 슬픈 일을 시련이라 생각하라." 그 문장이 눈에 걸렸다.

나는 이 상황을 '불운'이라고 부르고 있었다. 왜 다시 공부를 시작했을까. 왜 하필 지금 이렇게 힘들까. 모든 질문이 나를 향한 자책으로 흘러갔다. 그런데 그 문장은 이걸 불운이 아니라 시련이라고 불러보라고 했다. 불운은 당하는 일이고 시련은 통과하는 일이라고. 말은 단

순했지만 그날의 나는 그 차이가 컸다.

쇠는 불에 들어가야 단단해진다는 문장을 읽고 잠깐 웃음이 났다. 나는 지금 불 속에 서 있으면서 왜 이렇게 뜨겁냐고만 묻고 있었구나. 뜨거운 건 어쩌면 당연한 일일지도 모른다.

그날 밤 대단한 결심은 하지 않았다. 그냥 이렇게 생각해보기로 했다. '그래, 지금 나는 불 속에 있구나.' 끝이 보이지 않아도 적어도 통과 중이라는 사실만은 인정해보자고.

그 이후 힘들 때마다 '왜 나에게 이런 일이' 대신 '지금은 불 속에 서 있는 시간일지도 모른다'고 중얼거렸다. 그래도 힘들었다. 그래도 흔들렸다. 다만 예전처럼 당장 도망치지는 않았다.

결국 그 시간을 지나왔다. 더 강해졌다고 말하긴 어렵다. 다만 예전만큼은 뜨거움을 두려워하지 않게 된 것 같다. 이미 한 번 불 속에 서 있었으니까. 타지 않았다는 걸 몸으로 한 번은 겪어봤으니까.

10 | 잘못된 길은 없다

길을 잘못 들어섰다고 슬퍼하지 마라

포기하지 마라, 삶에서 잘못 들어선 길은 없으니

온 하늘이 새의 길이듯 삶이 온통 사람의 길이니

모든 새로운 길이란 다 잘못 들어선 발길에서 찾아졌으니,

때로 잘못 들어선 어둠 속에서

끝내 자신의 빛나는 길 하나 캄캄한 어둠만큼 밝아오는 것이니.

* 출처: 박노해, 시 '길'

어느 날 점심시간, 복잡한 생각을 잠시 내려놓고 동네 카페에 들어 갔다. 머리가 무거웠다. 나는 그때 분명히 길을 잘못 들었다고 믿고 있 었다. 선택을 잘못했고, 판단이 어긋났고, 돌아가기엔 이미 늦었다고 생각했다.

시집을 펼쳤다가 그 문장에서 멈췄다. "잘못 들어선 길은 없다." 솔 직히 처음엔 반감이 들었다. '있지. 왜 없어.' 돌아가고 싶은 순간도 있 었고, 하지 말았어야 할 선택도 분명히 있었다. 그런데 그 문장이 이상 하게 오래 남았다.

나는 늘 하나의 '정답 경로'가 있다고 믿고 있었다. 그 길을 벗어나 면 손해를 보고, 늦어지고, 실패하는 거라고. 그래서 조금만 어긋나도

‘망했다’는 생각부터 했다.

그런데 시인은 말했다. 삶은 온통 사람의 길이라고. 그 말을 완전히 믿은 건 아니다. 다만 이런 생각은 해보게 됐다. ‘이 길도… 내 길일 수는 있겠구나.’ 잘못된 선택이라기보다 내가 예상하지 못했던 방향일지도 모른다고.

돌아보면 계획대로 흘러간 시간보다 길을 잃고 헤매던 시간이 나를 더 오래 붙잡고 있었다. 그때 배운 감각들　사람을 보는 눈, 위기를 견디는 태도, 불안을 다루는 법. 그게 꼭 ‘잘못’의 결과라고만은 말하기 어렵지 않을까.

그날 카페에서 나올 때 상황은 그대로였다. 앞도 여전히 불확실했다. 다만 한 가지는 달라졌다. 나는 ‘망했다’는 생각 대신 ‘낯선 길 위에 서 있다’는 표현을 써보기로 했다. 완전히 믿어서가 아니라 그렇게 말하는 편이 조금은 덜 무너졌기 때문이다.

지금도 새로운 선택 앞에서 두려움은 올라온다. 그럴 때 이 문장을 떠올린다. 어둠 속에 있다면 길이 없는 게 아니라 아직 눈이 익숙해지지 않은 걸지도 모른다고. 완전히 안심되지는 않는다. 그래도 그 생각 덕분에 한 걸음은 더 내딛게 된다

11 | 바람이 분다는 것

바람이 세게 불수록 연은 더 높이 난다.

길을 가다가 돌이 나타나면 약자는 그것을 걸림돌이라 하고

강자는 그것을 디딤돌이라고 부른다.

* 출처: 중국 속담

억울한 시기를 겪는 동안 부서가 바뀌었고 하던 일도 완전히 달라졌다. 여기에 계속 있어야 할까, 떠나야 할까. 그 생각이 머릿속을 떠나지 않았다. 그 와중에 회사에 또 문제가 생겼다. 답답해서 산으로 향했다.

숲길을 걷다가 나무 팻말에 적힌 네 글자를 발견했다. 풍신연등(風汛鳶騰). 바람이 세게 불수록 연은 더 높이 난다는 뜻이었다. 처음에는 잘 이해되지 않았다. 바람이 세면 연이 떨어지는 것 아닌가. 잠시 멈춰 뜻을 찾아보았다. 연은 바람이 없으면 날 수 없고, 바람이 약하면 낮게 날고, 바람이 강하면 더 높이 오른다고 했다.

그 말을 바로 믿은 건 아니다. 솔직히 그때의 나는 '높이 난다'는 말보다 '왜 이렇게 바람이 세냐'는 생각이 더 컸다. 그래도 그 문장은 머릿속에 남았다.

지금 이 상황을 나는 무엇이라고 부르고 있나. 불운이라고, 억울함

이라고, 내려앉는 시간이라고 이미 이름 붙여놓고 있었던 건 아닐까. "걸림돌"이라는 표현도 떠올랐다. 그 돌이 정말 걸림돌인지, 아니면 아직 디디는 법을 모르는 돌인지 그때는 구분이 잘 되지 않았다.

생각이 완전히 바뀌었다고 말하긴 어렵다. 다만 한 가지는 달라졌다. 이 상황이 무조건 나를 끌어내리는 것이라고 단정하지는 않게 되었다.

지금도 어려움이 닥치면 나는 여전히 흔들린다. 그래도 가끔은 이렇게 질문해본다. '이 바람이 전부 나를 밀어내는 것일까.' 답은 그때그때 다르다. 그래도 그 질문 덕분에 완전히 주저앉지는 않게 된다.

무너지지 않기 위한 마음 기술

12｜무거운 짐을 지고 걷는다는 것

사람의 일생은 무거운 짐을 지고 먼 길을 걷는 것과 같다.

서두르면 안 된다.

무슨 일이든 마음대로 되는 것이 없다는 것을 알면

굳이 불만을 가질 이유가 없다.

마음에 욕망이 생기거든 곤궁할 때를 생각하라

인내는 무사장구(無事長久)의 근본, 분노는 적이라 생각하라

승리만 알고 패배를 모르면 해가 자기 몸에 미친다.

자신을 탓하되 남을 나무라지 마라

미치지 못하는 것은 지나친 것보다 나은 것이다.

모름지기 사람은 자기 분수를 알아야 한다.

풀잎 위의 이슬도 무거워지면 떨어지기 마련이다.

* 출처: 도쿠가와 이에야스, 유훈 (책 '대망' 중)

서른 즈음의 가을, 내 인생에서 가장 긴 겨울이 시작되었다. 아버지가 돌아가셨고, 그 뒤로 큰아버지가, 그리고 할머니까지. 6개월이 채 되지 않는 시간 동안 세 분을 떠나보냈다. 장례식장을 오가며 나는 조금씩 무너지고 있었다. 왜 이런 일이 한꺼번에 일어나는가. 왜 하필 지금인가.

할머니 장례를 마치고 집으로 돌아오는 길, 서점에 잠시 들렀다. 무언가 붙잡을 것이 필요했다. 그때 『대망』을 펼쳤다가 부록에 실린 도쿠가와 이에야스의 유훈을 읽게 되었다. "사람의 일생은 무거운 짐을 지고 먼 길을 걷는 것과 같다. 서두르지 마라."

그 문장을 읽고 바로 위로가 되지는 않았다. 나는 이 시간을 빨리 끝내고 싶었다. 이 겨울을 건너뛰고 싶었고, 아무 일도 없던 때로 돌아가고 싶었다. 그런데 그는 인생 자체가 그런 것이라고 말했다. 무거운 짐을 졌다면 천천히 가라고.

그 말이 완전히 이해되진 않았다. 다만 그날 이후 '왜 나에게'라는 질문 대신 '지금은 무거운 짐을 지고 걷는 시간일지도 모른다'고 한 번쯤 생각해보게 되었다.

"무슨 일이든 마음대로 되는 것이 없다는 것을 알면 굳이 불만을 가질 이유가 없다." 그 문장도 눈에 들어왔다. 나는 이유를 찾고 있었다. 원망할 대상을 찾고 있었다. 그런데 답은 없었다. 받아들인다는 건 체념이라기보다 붙들고 있던 질문을 잠시 내려놓는 일에 가까웠다.

분노도 있었다. 세상에 대한 분노, 운명에 대한 분노. 그 감정이 사라진 건 아니다. 다만 그 감정이 나를 다 써버리게 두지는 않으려 했다.

그 겨울은 길었다. 슬픔은 쉽게 끝나지 않았고 짐은 하루아침에 가벼워지지 않았다. 그래도 예전만큼 서두르지는 않게 되었다.

20여 년이 지난 지금도 그 문장을 떠올리면 마음이 잠시 멈춘다. 짐은 여전히 무겁다. 다만 이제는 무겁다는 사실 자체를 조금 덜 두려워

하게 된 것 같다. 길이 끝난 것이 아니라 지금은 짐을 지고 걷는 구간
이라는 걸 가끔은 받아들이게 되었으니까.

13 | 끝까지 가는 사람이라는 말

2021년, 코로나가 한창이던 해였다. 새로운 환경에서 큰 프로젝트를 맡았고 일은 생각처럼 풀리지 않았다. 회의는 길어졌고 결정은 늦어졌고 성과는 보이지 않았다. 나는 점점 조급해졌다.

그 무렵 경영서를 읽다가 레이 크록의 사무실에 걸려 있었다는 캘빈 쿨리지의 문장을 보게 되었다. "재능으로는 안 된다." 그 문장이 오래 남았다.

나는 늘 재능 있는 사람들을 부러워했다. 빠르게 이해하는 동료들,

타고난 듯 말 잘하는 사람들. 그들에 비해 나는 늘 조금 부족해 보였다. 학창 시절 모두가 인정하던 똑똑한 친구도 떠올랐다. 출발선은 앞이었지만 끝까지 달린 건 아니었다. 그걸 보며 '끝까지 가는 사람'이라는 표현을 처음으로 다르게 생각해보게 됐다. 재능이 뛰어난 사람이 아니라, 그만두지 않은 사람.

"교육으로도 안 된다"는 문장도 묘하게 와 닿았다. 학위를 따고 자격증을 모으면서 나는 스스로 준비된 사람이라고 생각했다. 하지만 팬데믹 속 프로젝트는 벽에 걸린 증서를 묻지 않았다. 지금 멈출 것인지, 아니면 한 번 더 시도할 것인지를 묻고 있었다.

레이 크록의 이야기를 읽으며 '늦었다'는 말이 얼마나 자주 핑계가 되는지도 생각하게 됐다. 그렇다고 그날 갑자기 단단해진 건 아니다. 여전히 힘들었고 여전히 그만두고 싶은 날이 있었다. 다만 '나는 재능이 부족해서 안 된다'는 생각 대신 '아직 끝까지 가보진 않았다'는 말로 바꿔보기는 했다.

프로젝트는 결국 마무리되었다. 완벽하지는 않았다. 다만 중간에 멈추지는 않았다.

나는 빠르지 않을 수 있다. 눈에 띄지 않을 수도 있다. 그래도 한 가지는 그때도 지금도 스스로에게 묻는다. '오늘은 멈출 것인가, 아니면 조금 더 가볼 것인가.' 대단한 결심은 아니다. 그냥 하루씩 선택해보는 중이다.

14 | 바위가 아니라 물처럼

가장 으뜸가는 처세술은

물의 모양을 본받는 것이다.

강한 사람이 되고자 한다면

물처럼 되어야 한다.

장애물이 없으면 물은 흐른다

둑이 가로막으면 물은 멎는다.

둑이 터지면 또다시 흐른다.

네모진 그릇에 담으면 네모가 되고,

둥근 그릇에 담으면 둥글게 된다.

그토록 겸양하기 때문에

물은 무엇보다 필요하고

또 무엇보다도 강하다

* 출처: 노자, '도덕경' 중

마흔 초반, 뜻하지 않게 부서 이동을 했다. 전혀 다른 업무, 낯선 사람들, 익숙하지 않은 방식. 겉으로는 적응하려 애썼지만 속에서는 계속 걸리는 게 있었다. '왜 하필 나인가.' '왜 이런 방식이어야 하는가.'

스트레스로 잠을 이루지 못하던 밤, 오래전 읽었던 『도덕경』을 다시 펼쳤다. "장애물이 없으면 물은 흐른다. 둑이 가로막으면 멎고, 둑이 터지면 다시 흐른다." 그 문장을 읽다가 멈췄다. 나는 물이 아니라 바위처럼 굳어 있었던 건 아닐까.

상황이 바뀌어도 내 방식이 맞다고 믿었고, 굽히지 않는 걸 원칙이라고 생각했다. 딱딱하게 버티는 것이 강함이라고 여겼다. 그런데 물은 다르다. 막히면 돌아가고, 그릇에 담기면 모양을 바꾼다. 형태는 달라져도 물은 여전히 물이다.

그 말을 읽고 갑자기 사람이 달라진 건 아니다. 다만 '지금 나는 너무 세게 버티고 있지는 않나' 그 질문은 하게 되었다.

다음 날부터 거창한 변화를 시도하지는 않았다. 그냥 한 번쯤 더 듣고, 바로 밀어붙이지 않고, 돌아갈 수 있는 길이 있는지 살펴보았다. 모든 게 바로 좋아진 건 아니다. 여전히 부딪혔고, 여전히 마음이 상하는 날도 있었다. 그래도 예전처럼 매번 정면으로만 맞서지는 않게 되었다. 낮은 곳으로 흐르는 게 패배라고만은 생각하지 않게 되었다.

지금도 막히는 일이 생기면 잠시 멈춰 묻는다. '지금 나는 바위처럼 굳어 있는가, 아니면 조금은 돌아갈 수 있을까.' 답은 매번 다르다. 그래도 그 질문 덕분에 조금은 덜 부서지고, 조금은 덜 지친다.

아직도 나는 가끔 바위가 된다. 그래서 더 자주 물을 떠올린다.

내일은 없다

내일은 없다

15｜내일은 없다

진정한 마음으로 힘써 전진하라!

짧은 시간이라도 헛되이 보내지 말라!

내일이 있다고 미루다간 진보할 수 없다!

내일, 내일 하는 동안 나의 백발은 늘어만 가고,

그때, 뉘우친다 해도 아무것도 미치지 못한다.

고등학교 1학년 한문 시간이었다. 선생님이 칠판에 적어주신 구절 중 이 문장이 유독 눈에 들어왔다. 그때 나는 열일곱이었다. 백발은 상상도 되지 않는 단어였다. 그런데 이상하게 그 문장은 오래 남았다.

나는 늘 "내일 할게요"라고 말하던 사람이었다. 시험 공부도, 읽고 싶던 책도, 중요하다고 생각한 일도 내일로 미뤘다. 그날 처음으로 시간이 나를 기다려주지 않을지도 모른다는 생각을 했다.

대학교에 들어가서는 꿈이 더 커졌다. 창업을 하겠다, 유학을 가겠다, 세계를 여행하겠다. 계획은 거창했지만 행동은 느렸다. 준비가 더 필요하다고 생각했고, 완벽한 때를 기다렸다. 그러다 보니 아무것도 시작하지 못한 날들이 조용히 쌓였다.

그때 다시 떠올랐다. 내일, 내일하는 동안 백발은 늘어난다는 말. 그래서 거창한 목표 대신 아주 작은 원칙을 하나 만들어봤다. 완벽하게 하지 않아도 좋으니 일단 조금이라도 시작해보자. 10분이라도, 한 줄이라도.

대단한 변화가 일어난 건 아니다. 지금도 나는 가끔 미룬다. 핑계를 찾고, '조금만 더 있다가'라고 말한다. 다만 예전보다는 그 시간을 길게 끌지 않으려 한다. 미루는 나를 완전히 없애는 건 어렵지만 미루는 시간을 줄여보는 건 가능할지도 모른다고 생각한다.

세월이 흘러 거울 속에 정말로 흰 머리카락이 보이기 시작했다. 열일곱에는 비유였던 문장이 이제는 조금 현실처럼 느껴진다.

그래서 오늘도 다이어리를 펼친다. '내일은 없다'고 단단히 다짐하기보다는, 적어도 오늘 할 수 있는 한 줄은 지금 써보자고 스스로에게 말해본다.

16 발을 떼는 순간

* 출처: '순자' 중

대학교 1학년, 교양 철학 수업 시간이었다. 교수님이 칠판에 이 문장을 적었다. 그때의 나는 꿈이 아주 컸다. 창업을 하겠다, 유학을 가겠다, 세계를 여행하겠다. 말은 거창했고 계획은 빼곡했다.

그런데 이상하게 아무것도 시작하지 않았다. 준비가 더 필요하다고 생각했고, 조금만 더 배우면 완벽해질 것 같았다. 완벽을 기다리다 시작을 미뤘다. 머릿속에서는 여러 번 성공했지만 현실에서는 한 발도 떼지 않았다.

"길이 가깝다 해도 가지 않으면 도달하지 못한다." 그 문장은 단순했다. 목표가 멀어서가 아니라 내가 움직이지 않았다는 사실을 조용히 짚어주고 있었다. 나는 늘 '큰 것'을 하려고 했다. 작은 시작은 의미 없다고 여겼다. 그런데 돌아보니 큰 일도 처음은 늘 눈에 띄지 않는 움직임이었다.

그날 이후 대단한 결심을 하지는 않았다. 다만 '아주 조금이라도 해볼 수 있지 않을까' 그 정도는 스스로에게 물어보게 되었다. 한 줄을 적고, 한 페이지를 읽고, 짧은 메일을 보내는 일. 눈에 띄는 변화는 없었다.

지금도 나는 여전히 망설인다. 시작하기 전에 괜히 더 준비하려 한다. 그래도 가끔은 '지금 할 수 있는 한 걸음은 뭘까' 그 질문을 던져본다.

발을 뗀다고 해서 곧바로 도착하는 건 아니다. 다만 서 있던 자리에서 조금은 벗어난다는 것. 그 정도만으로도 그날의 나는 충분히 달라졌던 것 같다.

17 생의 마지막 5분

러시아의 작가 도스토예프스키가 스물여덟 살 때의 일이다. 당시 러시아는 니콜라이 1세의 억압 통치 아래 놓여 있었다. 도스토에프스키는 그런 현실을 비판하는 정치적, 사회적 개혁 운동에 가담하고 있었다. 이 무렵 유럽에서는 한창 혁명 운동이 일어나고 있었는데 러시아 정부는 이 혁명 운동이 러시아에 미칠 영향을 염려하여 1849년 4월 개혁 사상가들을 체포했다.

체포당한 218명 중 21명에게 총살형이 선고되었고 여기에 도스토예프스키도 포함되어 있었다. 드디어, 12월 22일 영하 50도나 되는 추운 겨울날, 그는 형장으로 끌려갔다. 형장에 세워진 기둥에 묶였을 때 이제 그에게 남은 시간은 겨우 5분이었다.

그는 생의 마지막 5분을 어디에다 쓸까 하고 생각해 보았다. 그는 형장에 같이 끌려온 동료에게 마지막 인사를 하는데 2분을 쓰고, 오늘까지 살아온 생활과 생각을 정리하는 데 2분을 쓰기로 했다. 그리고 남은 1분은 아름다운 자연을 한번 둘러보는 데 쓰기로 마음먹었다.

그래서 그는 먼저 옆 사람에게 최후의 키스를 하고 이제 자신에 대해 생각하려는데, 문득 3분 후에 어디로 갈 것인가 하는

"

생각이 들면서 눈앞이 캄캄해졌다. 28년이란 세월이 너무나 헛

되게 느껴졌다. 다시 시작할 수만 있다면 하는 생각이 절실했

지만 돌이킬 수 없었다.

그의 귀에 탄환을 장전하는 소리가 들리는 순간 견딜 수 없는

죽음의 공포가 엄습했다. 그때 한 병사가 흰 손수건을 흔들면

서 달려왔다. "황제의 칙령이오. 사형을 중지하시오." 이후로

도스토예프스키는 시간을 금쪽같이 아끼며 최선을 다해 살면

서 불후의 명작을 남겼다.

* 출처: '도스토예프스키 전기' 중

고등학교 1학년 때 나는 이 일화를 서점에서 읽었다. "5분." 그 숫자가 이상하게 오래 남았다.

열일곱의 나는 진지하게 상상해보았다. 만약 내게 정말 5분밖에 없다면 나는 무엇을 할까. 부모님께 고맙다고 말할까. 친구에게 미안하다고 할까. 아니면 아무 말도 못 한 채 그냥 울고 있을까. 생각해보니 하고 싶은 말이 너무 많았고, 해보고 싶은 일도 너무 많았다. 그런데 왜 그걸 지금 하지 않는 걸까.

그날 이후 완전히 달라졌다고 말하긴 어렵다. 나는 여전히 미루고, 여전히 망설이고, 여전히 '언젠가'를 입에 올린다. 다만 가끔은 그 5분을 떠올린다. 이 말을 정말 마지막까지 미룰 것인지. 이 전화를 굳이 다음으로 넘길 것인지. 대답이 또렷해질 때도 있고, 여전히 흐릴 때도 있다. 그래도 그 질문 덕분에 아주 가끔은 조금 덜 미루게 된다.

시간은 아직 5분이 아니다. 그래서 오늘 하루를 조금은 더 의식하게
된다. 그 정도면 열일곱의 내가 그 일화를 읽은 이유는 충분하지 않을
까.

18 | 가장 쉬울 때

* 출처: 노자, '도덕경' 중

2016년 4월, 회사에서 가장 버거운 과제를 맡고 있었다. 1년의 개발, 그리고 그 뒤로 이어질 정리. 생각만 해도 숨이 막혔다. 밤이 되면 숫자와 일정이 머릿속을 맴돌았다. 일은 시작도 하기 전에 이미 산처럼 느껴졌다.

잠이 오지 않던 어느 밤, 무심코 『도덕경』을 펼쳤다. "어려운 일이 아직 쉽게 느껴질 때 그 일을 행하라." 그 문장을 읽고 멈췄다. 나는 이미 이 일을 '너무 어려운 일'로 이름 붙여버린 뒤였다. 그래서 더 무거워졌는지도 몰랐다.

다음 날, 대단한 전략을 세운 건 아니다. 그냥 이 일에서 가장 작아 보이는 것 하나를 적어보았다. 첫 달의 일, 이번 주의 일, 오늘 할 일. 그리고 그중에서도 당장 할 수 있는 것 하나.

산이 갑자기 낮아진 건 아니다. 여전히 멀었고, 여전히 부담스러웠다. 다만 오늘 해야 할 일은 어제 상상했던 것보다는 작았다. 나는 산을 오르겠다고 생각하지 않았다. 그냥 한 걸음 옮겼다. 다음 날도 또 한 걸음.

그 일은 결국 마무리되었다. 특별한 장면은 없었다. 환호도 없었다. 다만 매일 작은 것 하나를 끝내려고 했던 시간들이 남았다.

지금도 큰 과제가 주어지면 여전히 먼저 겁이 난다. 그래도 가끔은 이렇게 묻는다. '이 일에서 지금 당장 할 수 있는 가장 작은 건 뭘까.' 그 질문 덕분에 아주 가끔은 생각만 하다 멈추는 대신 한 줄이라도 써보게 된다. 그 정도면 그 문장을 다시 펼친 이유로는 충분하지 않을까.

문제는 결국 나였다

19|아무도 보지 않을 때

첫째, 군자는 있으면서도 없는 것 같고 가득하면서도 빈 듯하다.

둘째, 군자의 특징은 다른 사람이 없는 곳에 혼자 있다고 할지라도

변함없이 자기의 덕을 닦는 데 힘쓴다는 것이다.

셋째, 군자는 언제 어느 곳에서나 행동과 말을 조심하기 때문에 그의

어떠한 행동이라 하더라도 부끄러워할 만한 일이 없다.

넷째, 군자는 예를 모든 행동의 기준으로 삼는다.

다섯째, 군자는 아래의 제후도 자기의 덕을 본받게 만든다.

여섯째, 군자는 덕을 펴는 데 있어서 백성들에게 강제적으로 요구하거나 자기의 명성을 목적으로 하지 않는다.

따라서 덕화의 효과는 직접적으로 눈에 보이거나 귀에 들리는 것이 아니라 이것은 덕을 끊임없이 정성 되게 닦아나가는 사이에 자기도 의식하지 못할 만큼 자연스럽게 교화됨으로써 나타난다. 그러므로 덕은 그 이외의 어느 것과도 충돌하는 일이 없으며, 모순되지도 않는다.

따라서 언제나 적합하며, 어느 한편으로 기울지도 않는다. 이

2009년, 회사가 합쳐졌고 세상은 빠르게 변하고 있었다. 아이폰 3GS가 처음 도입되던 해였다. 일의 방식도, 속도도 달라졌다. 나는 그 변화 속에서 어떤 사람이 되어야 하는지 고민했다. 서점에서 우연히 『중용』을 집어 들었다.

"군자는 다른 사람이 없을 때에도 변함없이 자신을 닦는다." 그 문장을 읽는 순간 괜히 마음이 뜨끔했다. 나는 사람들 앞에서는 꽤 그럴 듯하게 행동했다. 성실한 척, 단단한 척. 하지만 혼자 있을 때는 쉽게 무너졌다. 게으름을 합리화했고, '이 정도는 괜찮겠지' 하며 기준을 낮췄다. 아무도 보지 않는다는 이유로.

그날 이후 거창한 다짐을 하지는 않았다. 다만 이런 질문은 하게 되었다. '이 행동이 드러나도 나는 괜찮을까.' 대답이 애매하면 조금은 멈춰보려고 했다.

완벽해진 건 아니다. 지금도 나는 혼자 있을 때 느슨해지고, 사소한 일에 타협한다. 다만 예전과 다른 점이 있다면 그 순간을 알아차리려 한다는 것. '아무도 보지 않는다'는 말이 완전히 자유를 주지는 않는다는 걸 조금은 알게 되었다. 아무도 없다고 생각하는 순간에도 나는 결국 나와 같이 있기 때문이다.

그 간격이 완전히 사라진 건 아니지만 그 차이를 의식하는 날이 늘었다. 그 정도면 그 문장을 다시 떠올린 이유로는 충분하지 않을까.

20 | 나를 경계하는 법

* 출처: 율곡 이이, '자경문(自警文)'

2015년, 일이 뜻대로 풀리지 않던 시절이었다. 답답한 마음을 안고 노추산을 올랐다. 율곡 이이가 치열하게 공부하던 곳이라고 했다. 산길에는 소망을 담은 모정탑이 쌓여 있었고 바람은 생각보다 차가웠다. 그곳에서 이런 생각이 스쳤다. 나는 지금 얼마나 진지한가.

하산 후 도서관에서 『자경문』을 펼쳤다. '스스로를 경계하는 글.' 제목부터 묵직했다.

"해야 할 일이라면 정성을 다하라." 나는 일이 풀리지 않는 이유를 환경 탓으로 돌리고 있었다. 하지만 정작 내가 얼마나 정성을 들였는지는 돌아보지 않았다. "혼자 있을 때 더 조심하라." 사람들 앞에서는 단단한 척했지만 혼자 있을 때는 쉽게 흐트러졌다. 게으름도, 타협도

늘 그때 시작됐다. "말을 줄이면 마음이 안정된다." 일이 꼬일수록 나는 말을 늘렸다. 설명하고, 변명하고, 합리화했다. 말을 줄이니 핑계가 줄었다.

10년이 지났다. 나는 여전히 완벽하지 않다. 여전히 실수하고, 여전히 느슨해진다. 다만 한 가지는 생겼다. 아침에 잠깐 멈추는 습관. 정성을 다할 것. 혼자 있을 때도 흐트러지지 말 것.

500년 전 누군가 자신을 붙들기 위해 써 내려간 문장이 지금도 가끔 내 발목을 잡아준다. 그래서 오늘도 잠깐 멈춘다.

21｜남의 허물과 나의 허물

남의 허물을 보지 말라

남이 했건 말았건 상관하지 말라

다만 내 자신이 저지른 허물과 게으름만 보라

* 출처: '법구경(法句經)'

2021년, 코로나 2년 차였다. 마스크를 벗지 못한 채 사람을 만나야 했고 답답함은 일상이 되었다. 나는 새벽마다 산을 올랐다. 그 잠깐의 공기가 그나마 숨통을 틔워주었다.

그 무렵 회사에서는 제휴사와의 갈등이 깊어지고 있었다. 회의는 길어졌고 서로의 잘못을 지적하는 말만 오갔다. 나 역시 속으로 그들의 허물을 세고 있었다. 왜 저렇게 무책임할까. 왜 저렇게 이기적일까.

어느 날 회사 근처 불교 서적점에서 『법구경』을 펼쳤다. "남의 허물을 보지 말라." 문장은 짧았는데 이상하게 오래 남았다. 나는 그들의 허물만 보고 있었다. 그렇다면 내 허물은.

냉정하게 돌아보니 나도 완벽하지 않았다. 설명이 충분했는지, 상대의 말을 끝까지 들었는지, 내가 먼저 낮출 수는 없었는지. 갈등은 여전히 남아 있었지만 시선은 조금 바뀌었다. 상대를 바꾸려는 생각을 줄이고 내 말투와 표정을 먼저 고쳐보았다. 크게 달라진 것은 없었다.

다만 회의가 끝난 뒤 덜 피곤했다.

타인을 바꾸는 일은 여전히 어렵다. 내 허물을 보는 일도 쉽지 않다. 그래도 갈등이 생기면 가끔 이 문장을 먼저 떠올린다. 남의 허물 말고, 내 허물. 그 정도는 해볼 수 있다.

22 | 생각이 만드는 길

* 출처: '법구경' 중

2022년, MBA를 마치고 박사과정을 시작했다. 일과 학업을 병행했고 몸은 예전 같지 않았다. 코스웍이 끝날 무렵 나는 멈춰 섰다. 번아웃을 넘어 거의 블랙아웃에 가까웠다. 병원에서는 "당분간 아무것도 하지 마세요"라고 했다. 그 말이 이상하게 패배처럼 들렸다.

집으로 돌아와 한동안 생각이 어두워졌다. 혹시 더 큰 병이면 어쩌지. 이 길을 계속 갈 수 없으면 어쩌지. 아직 일어나지도 않은 일들로 이미 지쳐 있었다.

그 무렵 읽던 『법구경』에서 이 문장을 다시 보게 되었다. "어제의 생각이 오늘의 나를 만든다." 나는 몸만 혹사시킨 게 아니라 생각도 쉬지 못하게 하고 있었다. 아무 일도 일어나지 않았는데 머릿속에서는 계속 최악을 그렸다.

상황은 바로 바뀌지 않았다. 몸도, 일정도 그대로였다. 다만 생각을 조금 덜 몰아붙이려고 했다. '망하면 어쩌지' 대신 '오늘은 쉬어도 되겠다' 정도로. 대단한 긍정은 아니었다. 그냥 나를 덜 해치는 생각 하나.

회복은 천천히 왔다. 어느 날 갑자기 좋아진 게 아니라 조금 덜 긴장한 날들이 쌓였다.

지금도 생각이 먼저 달려가려 하면 한 번쯤 멈춘다. 생각이 삶을 전부 만들지는 않지만 생각이 나를 소모시키는 건 막을 수 있다는 걸 그때 조금 알게 되었다

23 | 붓다-조금 낮아지는 연습

나는 내 생각의 결과물(소산)이다.

직위가 올라갈수록 뜻은 더욱 낮추고

벼슬이 높아질수록 마음은 더욱 작게 가지며

봉급(俸祿)이 많아질수록 더 많은 사람에게 베풀어라.

* 출처: 붓다의 가르침

리더가 된 뒤 작은 변화가 생겼다. 업무는 많아졌고 결정은 빨라졌고 말은 점점 짧아졌다. 나는 바쁘다는 이유로 덜 듣기 시작했다. 생각이 다르면 이해하기보다 설득하려 했다. 겉으로는 차분했지만 안쪽에서는 조금씩 높아지고 있었다.

그 무렵 미뤄두었던 명상을 다시 시작했다. 책장을 넘기다 이 문장에서 멈췄다. "직위가 올라갈수록 뜻은 낮추라." 나는 정반대로 가고 있었다. 높아질수록 더 단단해져야 한다고 생각했고 많이 가질수록 더 지켜야 한다고 생각했다. 낮추라는 말이 쉽게 받아들여지지 않았다.

그래도 한 가지만 해보기로 했다. 말을 조금 줄이기. 그리고 한 번 더 듣기. 또 하나는 설명하기보다 돕기.

크게 달라진 건 없다. 여전히 나는 가끔 서두르고, 가끔 내 말이 먼저 나간다. 다만 예전보다 한 박자 늦게 말하려고 한다.

리더십이 무엇인지 나는 아직 잘 모른다. 다만 앞에 서 있을수록 조금은 낮아지려는 사람으로 남고 싶다. 그래서 오늘도 말을 하나 줄이고, 누군가의 식사를 한 번 더 산다.

내 안의 적을 이기는 법

내 안의 적을 이기는 법

24. 우환 속에서 산다

“ 순임금은 밭 갈다가 기용되었고, 부열은 성벽 쌓다가 등용되었고, 교격은 생선과 소금 파는 데서 등용되었고, 관이오는 감옥에 갇혀 있다가, 손숙오는 바닷가에 있다가 등용 되었고, 백리해는 시정에서 등용되었느니라.

그러므로 하늘이 장차 큰 직책을 어떤 사람에 맡기려 할 때에는 반드시 먼저 그들의 심지를 괴롭히고, 근육과 골격을 수고롭게 하고, 육체를 굶주리게 하고, 그들 자신에게 아무것도 없게 하여서, 그들의 하는 일이 어긋나게 만드는데, 그것은 마음을 쓰고 성질을 참게 해 일찍이 할수 없었던 일을 더욱 하도록 하기 위해서 이니라.

사람은 언제나 과오를 저지른 뒤에야 고칠 수 있고, 마음에 곤란을 당하고 생각대로 잘 안된 뒤에야 분발하고, 얼굴빛에 떠오르고 음성에 나타난 뒤에야 깨닫게 된다. 안으로 법도 있는 세가(世家)와 보필하는 선비가 없고, 밖으로 적국과 외환이 없다면, 그런 나라는 언제나 망한다.

그런 뒤에야 우환 속에서도 살고 안락한 가운데도 망한다는 것을 알게 되는 것이니라. ”

* 출처: ‘맹자’ 중 – 맹자 고자 장구 하편 중

고등학교 1학년, 야간 자율학습을 마치고 집에 돌아왔다. 늦은 저녁을 먹으며 무심코 TV를 켰다. 사극 속 인물이 이 문장을 읊었다. "하늘이 장차 큰 일을 맡기려 할 때에는 반드시 먼저 그 마음을 괴롭힌다." 숟가락을 잠시 내려놓았다.

다음 날 도서관에서 『맹자』를 찾아 읽었다. 순임금도, 부열도, 모두 낮은 자리에서 시작했다는 이야기. 위대한 사람들도 굶주리고 괴롭힘을 당하고 뜻대로 되지 않는 시간을 지나왔다는 말. 그 대목에서 조금 안도했다. 고난이 나만의 것은 아니라는 생각.

하지만 더 오래 남은 건 마지막 문장이었다. "우환 속에서는 살고, 안락 속에서는 망한다." 나는 늘 힘든 시간을 빨리 끝내고 싶어 했다. 이 시기만 지나가면 괜찮아질 거라고 믿었다. 그런데 맹자는 편안함이 항상 좋은 것은 아니라고 말했다. 그 말이 그때는 잘 이해되지 않았다.

지금도 고난을 좋아한다고 말할 수는 없다. 억울했고, 버거웠고, 도망치고 싶었던 날도 많았다. 굳이 고난을 미화하고 싶지는 않다. 다만 편안함만 좇았던 시절보다 버텨본 시절이 조금 더 또렷하게 남아 있다.

우환이 사람을 살린다고 단정할 수는 없지만 적어도 나는 그 시간을 지나며 도망치는 습관 하나는 줄였다. 그 정도면 내게는 충분한 의미였다.

25 | 내 안의 적-칭기즈칸

집안이 나쁘다고 탓하지 말라. 나는 아홉 살 때 아버지를 잃고 마을에서 쫓겨났다.

가난하다고 말하지 말라 나는 들쥐를 잡아먹으며 연명했고, 목숨을 건 전쟁이 내 직업이고 내 일이었다.

작은 나라에서 태어났다고 말하지 말라. 그림자 말고는 친구도 없고 병사로만 10만, 백성은 어린애, 노인까지 합쳐 2백만도 되지 않았다.

배운 게 없다고 힘이 없다고 탓하지 말라 나는 내 이름도 쓸 줄 몰랐으나, 남의 말에 귀 기울이면서 현명해지는 법을 배웠다.

너무 막막하다고, 그래서 포기해야겠다고 말하지 말라. 나는 목에 칼을 쓰고도 탈출했고, 뺨에 화살을 맞고 죽었다 살아나기도 했다.

적은 밖에 있는 것이 아니라 내 안에 있었다. 나는 내게 거추장스러운 것은 깡그리 쓸어버렸다. 나를 극복하는 그 순간 나는 칭기즈칸이 되었다.

* 출처: 미상

내 인생에도 완전히 무너졌던 시간이 있었다. 가족의 죽음이 짧은 시간 안에 연달아 닥쳤다. 왜 하필 나인가. 슬픔과 분노가 생각을 잠식하고 있었다.

그 무렵 도서관 화장실 벽에 붙어 있던 한 장의 글이 눈에 들어왔다. 평소 같으면 그냥 지나쳤을 문장들. 그날은 발이 멈췄다. "집안을 탓하지 말라." "가난을 탓하지 말라." "배운 게 없다고 말하지 말라." 읽을수록 마음이 불편해졌다. 나는 그동안 무엇을 붙잡고 있었는가.

사진으로 찍어 집에 와서 다시 옮겨 적었다. 그리고 마지막 문장에 멈췄다. "적은 밖에 있는 것이 아니라 내 안에 있다." 나는 세상을 원망했고, 운을 탓했고, 환경을 핑계 삼았다.

그 마음이 이해되지 않는 건 아니다. 그때의 나는 충분히 힘들었다. 다만 돌아보니 나를 가장 오래 붙잡고 있던 건 두려움과 자기 연민이었다. '이 정도면 내려놔도 되지 않나' 속으로 그렇게 말하고 있었다.

그날 이후 모든 것이 달라진 건 아니다. 여전히 힘들면 밖을 먼저 탓하게 된다. 그래도 가끔은 잠시 멈춰본다. 지금 내가 피하고 있는 건 밖의 문제인지 안의 문제인지.

적은 거창하지 않다. 가끔은 핑계의 모습으로 나타난다. 그걸 한 번이라두 알아차리면 그날은 그걸로 충분하다.

26 | 나무 닭의 평정심

주위에서 아무리 난리를 쳐도

겸손과 여유로 주변을 편하게 하는 사람.

결론은 '최고의 싸움닭은 싸우지 않고 이긴다'는 것이다.

* 출처: '장자', 목계지덕 이야기

일이 잘 풀리지 않던 시기였다. 어려운 과제를 맡았고 관련 부서와 충돌이 잦았다. 나는 회의에서 목소리를 높였다. 논리를 세우고, 상대를 밀어붙이고, 끝까지 관철시키려 했다. 그게 책임이라고 믿었다.

처음에는 통하는 듯했다. 하지만 어느 순간 회의실의 공기가 달라졌다. 사람들의 표정이 굳었고 말은 줄어들었다. 나는 계속 말하고 있었지만 누군가는 이미 듣지 않고 있었다.

그 무렵 장자의 목계지덕 이야기를 읽었다. 조련사는 계속 말한다. "아직입니다." 그리고 마침내 이렇게 말한다. "이제는 다른 닭이 와도 전혀 반응하지 않습니다. 나무처럼 고요합니다." 그 문장을 읽고 괜히 마음이 불편했다. 나는 너무 쉽게 반응하고 있었다. 강해 보이려 할수록 더 예민해졌고 더 빨리 흥분했다.

그날 이후 한 가지만 해보기로 했다. 즉각 말하지 않기. 회의에서 끝까지 듣고 난 뒤 천천히 말해보기. 처음에는 불안했다. 조용하면 밀릴 것 같았다. 그래도 몇 번 참아보았다.

크게 달라진 건 없다. 갈등은 여전히 있고 일은 여전히 어렵다. 다만 예전처럼 매번 바로 튀어나가지는 않는다. 가끔은 한 박자 늦게 말한다. 그 정도의 차이다.

지금도 감정이 먼저 올라올 때면 나무 닭을 떠올린다. 고요해지려고 애쓰는 그 모습 정도만.

27 | 흔들리지 않는 중심

* 출처: '언지록' 내 '숫타니파타'

긴 어둠의 터널을 지나던 시기였다. 언제 끝날지 몰랐고 끝이 있기는 한 건지도 알 수 없었다. 하루를 사는 것보다 하루를 버티는 일이 더 힘들었다.

그때 다시 고전을 붙잡았다. 책장을 넘기다 이 문장에서 멈췄다. "비난과 칭찬에도 흔들리지 않고…" 나는 정반대였다. 비난 하나에 하루가 무너졌고 칭찬 하나에 마음이 부풀었다. 내 삶의 중심이 남의 입에 달려 있었다.

또 이런 구절도 있었다. 역경은 사람을 단련하는 용광로와 망치라고. 나는 그 단련을 받아들이기보다 피하려고만 했던 것 같다.

그날 이후 거창한 다짐은 하지 않았다. 다만 비난을 들으면 바로 반응하지 않으려고 했다. 칭찬을 들으면 조금 늦게 기뻐하려 했다. 여전히 쉽지 않았다.

지금도 흔들린다. 비난은 여전히 아프고 칭찬은 여전히 달다. 다만 예전보다 조금 늦게 흔들린다. 그 정도의 차이이다. 연꽃처럼 깨끗해지지는 못해도 진흙 속에서 바로 쓰러지지는 않으려고 한다.

선택은 변명하지 않는다

선택은 변명하지 않는다

28 | 비전과 실행

* 출처: Joel Barker, 미래학자

MBA 수업 시간이었다. 리더십 강의 중 이 문장을 들었고 이상하게 마음이 멈췄다.

나는 그동안 둘 중 하나였다. 생각은 많았지만 움직이지 않거나, 쉴 틈 없이 움직였지만 왜 하는지 모른 채 바쁘기만 하거나. 비전은 있었지만 실행이 없었고, 실행은 있었지만 방향이 없었다. 그래서 늘 피곤했다.

그날 이후 삶이 갑자기 정리된 건 아니다. 다만 한 가지만 해보았다. 무엇을 할지 정하기 전에 왜 하는지 한 줄 적어보기. 그 '왜'가 애매하면 조금 늦게 시작했다. 그리고 시작했다면 아주 작은 것 하나는 끝내보기.

여전히 흔들린다. 여전히 바쁘고 가끔은 다시 방향을 잃는다. 그래도 예전과 다른 점이 있다면 그냥 바쁘게 움직이는 날이 줄었다는 것.

29 | 선택한 길을 정답으로

〈Every Moment in Life Is a Choice. 산다는 것은 매순간 선택이다.〉

"산다는 것은 매순간 선택이다. 설령 그것이 외나무 다리라 해도 선택해야만 한다. 전진할 것인가, 돌아갈 것인가. 아님 멈춰 설 것인가 .

결국 내가 발 딛고 있는 이 지점은 과거 그 무수한 선택들의 결과인 셈이다.

그 어떤 길을 택하더라도 가지 않은 길에 대한 미련은 남기 마련이다. 그래서 후회 없는 선택이란 없는 법이고 그래서 삶의 정답이란 없는 법이다.

그저 선택한 길을 정답이라 믿고 정답으로 만들어 가면 그만이다.

내 지난 선택들을 후회 없이 믿고 사랑하는 것 그게 삶의 정답이다."

* 출처: 드라마 '응답하라 1994' 8화, 김성균(삼천포 역) 대사

중대한 갈림길 앞에서 나는 늘 오래 멈췄다. 장단점을 적고, 조언을 듣고, 밤을 새워 고민했다. 그래도 확신은 오지 않았다. '만약 잘못되면.' 그 생각이 발을 붙잡았다.

어느 날 우연히 본 드라마에서 이 대사가 흘러나왔다. "후회 없는 선택은 없다." 그 문장이 이상하게 마음을 조금 풀어주었다. 나는 늘 100% 확신할 수 있는 답을 찾고 있었다. 하지만 그런 답은 애초에 없었는지도 모른다. 결국 선택은 불완전한 상태에서 하는 일이라는 걸 그때 조금 받아들였다.

결정을 내린 날 드라마처럼 담담하지는 않았다. 여전히 불안했고 여전히 돌아보고 싶었다. 그 길이 늘 순탄했던 것도 아니다. 흔들렸고, 부러웠고, 가끔은 다른 길을 상상했다. 다만 멈춰 서 있는 시간은 줄었다.

완벽한 선택은 없다. 그래도 내가 고른 길이라면 끝까지 가보려는 마음은 있다. 그게 정답인지 아닌지는 아직 모른다.

사람 때문에 울고,
사람 덕에 산다

30│삼사일언(三思一言) −말의 세 가지 원칙

고등학생 때 나는 고전에 빠져 있었다. 공자, 맹자, 노자. 책장을 넘기다 보니 유난히 자주 등장하는 주제가 있었다. 말. 그때는 그저 멋있는 문장처럼 보였다.

사회에 나와 보니 말은 훨씬 무거웠다. 회의에서 던진 한 문장, 가볍게 한 농담, 감정이 섞인 한 마디. 말은 빠르게 지나가지만 여운은 오래 남았다. 나는 몇 번 말로 후회했다. 지나치게 솔직했고, 괜히 설명이 길었고, 감정이 앞섰다.

삼사일언. 세 번까지는 못 하더라도 한 번쯤은 멈춰보려 했다. 이 말이 꼭 필요한가. 남의 단점을 꺼내는 순간 내가 먼저 가벼워진다는 걸 뒤늦게 알았다. 일구이언. 같은 말을 지키는 게 생각보다 어렵다는 것도. 지금도 완벽하지 않다. 가끔은 말이 먼저 튀어나가고 집에 돌아와 다시 떠올린다. 그래도 예전보다는 한 박자 늦게 말하려 한다. 그 차이가 아주 크지는 않지만 아예 없지는 않다.

말은 여전히 어렵다. 그래서 가능하면 조금 늦게 꺼내본다.

31 | 도산의 말씀 – 먼저 내가 인물이 되라

그대는 나를 사랑하는가? 그러면 먼저 그대가 건전한 인격이 되라

우리 중에 인물이 없는 것은 인물이 되려고 마음먹고 힘쓰는 사람이 없는 까닭이다.

인물이 없다고 한탄하는 그 사람 자신이 왜 인물이 될 공부를 아니 하는가.”

– 도산 안창호

고등학교 시절 나는 역사에 빠져 있었다. 독립운동사를 읽으며 가슴이 뜨거워졌다. 안중근, 윤봉길, 김구. 책을 덮을 때마다 이런 생각을 했다. 왜 지금은 저런 인물이 없을까.

그러다 도산의 말을 만났다. “인물이 없다고 한탄하는 그 사람이 왜 스스로 인물이 될 공부를 하지 않는가.” 그 문장에서 조금 멈췄다. 그 말은 시대를 향한 탄식이 아니라 나를 향한 질문 같았다.

나는 늘 누군가 나타나 세상을 바꿔주길 기대했다. 좋은 리더가 나오길 기다렸고, 정직한 사람이 늘어나길 바랐다. 그런데 나는 무엇을 하고 있었는지 선뜻 답이 나오지 않았다.

그날 이후 세상이 잘못되었다는 말은 조금 줄어들었다. 대신 아주

작은 것부터 해보려 했다. 약속을 지키는 것, 내가 한 말에 책임지는 것, 불평을 조금 늦추는 것.

거창한 인물이 되겠다는 생각은 감히 하지 못한다. 다만 한탄만 하는 사람으로 남고 싶지는 않다. 그래서 가끔 도산의 문장을 떠올린다. 세상을 말하기 전에 나를 먼저 돌아보는 정도. 그 정도면 지금의 나로서는 할 수 있는 일이다.

32 | 돈 없이 베풀 수 있다

어떤 이가 석가모니를 찾아가 대화를 나눴습니다.

"저는 하는 일마다 제대로 되는 일이 없으니 이 무슨 이유입니까?" "그것은 네가 남에게 베풀지 않았기 때문이니라." "저는 아무것도 가진 것이 없는 빈털터리입니다." 남에게 줄 것이 있어야 주지 뭘 준단 말입니까?

"그렇지 않느니라. 아무리 재산이 없더라도 줄 수 있는 일곱 가지는 있는 것이다."

첫째는 화안시(和顔施) 얼굴에 화색을 띠고 부드럽고 정다운 얼굴로 남을 대하는 것이요.

둘째는 언시(言施) 말로서 얼마든지 베풀 수 있으니 사랑의 말, 칭찬의 말, 위로의 말, 격려의 말, 부드러운 말 등이다.

셋째는 심시(心施) 마음의 문을 열고 따뜻한 마음을 주는 것이다.

넷째는 안시(眼施) 호의를 담은 눈으로 사람을 보는 것처럼 눈으로 베푸는 것이요.

다섯째는 신시(身施) 몸으로 베푸는 것으로 남의 짐을 들어준다거나 일을 도우는 것이요.

여섯째는 좌시(座施) 자리를 내주어 양보하는 것이요.

일곱째는 찰시(察施) 굳이 묻지 않고 상대의 속을 헤아려서 도와 사회생활에 조금 익숙해졌을 때였다. 일도 어느 정도 자리를 잡았고 생활도 예전보다 안정되었다. 문득 이런 생각이 들었다. 나도 누군가에게 베풀며 살고 싶다. 그런데 곧 멈췄다. 큰돈을 기부할 형편도 아니고 자주 밥을 살 만큼 여유롭지도 않았다. 베풂은 돈이 있어야 가능한 일이라고 막연히 생각했다.

무재칠시를 읽고 조금 불편해졌다. 나는 없는 것을 핑계로 아무것도 하지 않고 있었는지도 모른다. 화안시. 얼굴을 부드럽게 하는 것. 언시. 말을 조금 따뜻하게 하는 것. 생각해보니 돈이 아니라 내가 먼저 닫혀 있었던 것 같았다.

그날 이후 아주 작은 것 하나만 해보았다. 아침 인사를 조금 더 또렷하게 하고 힘들어 보이는 사람에게 한 번 더 말을 건네보고. 거창한 변화는 없었다. 다만 베풂이 꼭 큰돈을 필요로 하지는 않는다는 걸 조금 알게 되었다.

지금도 잘하지는 못한다. 바쁘면 얼굴이 굳고 마음이 먼저 닫힌다. 그래도 가끔은 일곱 가지 중 하나쯤은 떠올려본다. 그 정도면 오늘 하루로는 충분하다.

33 강물은 흔들려도 방향을 바꾸지 않는다

> 강물은 바람에 따라 물결치지만
>
> 바람 때문에 갈 길을 바꾸지는 않는다.

* 출처: 장태평, 시인

조직이 바뀌고 중요한 과제를 맡게 되었다. 오래 고민 끝에 내린 결정이었다. 이 방향이 맞다고 믿었다. 하지만 일이 시작되자 수많은 의견이 밀려왔다. "그 방식은 위험하지 않을까요." "다른 길이 더 현실적일 텐데요." 선의였다. 그래서 더 흔들렸다. 내가 틀린 건가. 괜한 고집은 아닐까. 확신과 불안이 번갈아 올라왔다.

그때 이 문장을 읽었다. 강물도 흔들린다. 물결이 일고, 표면은 요동친다. 그 모습이 왠지 마음에 남았다. 나는 흔들리지 않으려 애쓰고 있었다. 하지만 어쩌면 흔들리는 것 자체가 문제는 아니었는지도 모른다. 의견은 바람이고 고민은 물결일 뿐일지 모른다. 다만 처음 이 길을 택했던 이유까지 함께 흔들 필요는 없겠다는 생각이 들었다.

그 이후 완전히 단단해진 것은 아니다. 지금도 의견이 많아지면 마음이 복잡해진다. 그래도 예전보다 조금은 늦게 방향을 바꾸려 한다.

흔들림은 여전하다. 다만 흐름까지 쉽게 뒤집지는 않으려고 한다. 그 정도의 차이이다.

34 | 소중한 인연

* 출처: 자작

고향을 떠나 대학에서부터 사회생활을 시작했다. 주변에서는 늘 말했다. "회사생활은 사람이야." "네트워크가 경쟁력이야." 그 말을 믿고 열심히 사람을 만났다. 동문회, 모임, 행사. 명함은 쌓였고 연락처는 끝없이 늘어났다. 처음에는 그 숫자가 자산처럼 느껴졌다.

그런데 어느 날 문득 지쳤다. 진심을 다했지만 돌아오지 않은 관계, 필요할 때만 연락이 오던 사람, 이유 없이 소모되던 시간. 모든 인연을 의미 있게 만들 수는 없다는 걸 늦게 알았다. 관계를 잘못 선택했다기보다 내 에너지를 잘못 나눠 쓰고 있었는지도 모른다.

지금은 연락조차 하지 않는 사람들. 그 시간들이 전부 불필요했다고 말할 수는 없다. 다만 그만큼 더 가까워지지 못한 사람도 있었던 것 같다.

기쁠 때도 힘들 때도 조용히 곁에 남아 있는 사람은 생각보다 많지 않다. 이제는 사람을 넓히기보다 깊게 남기려 한다. 모두를 붙잡을 수는 없으니 적어도 놓치고 싶지 않은 사람은 놓치지 않으려고 한다.

그 정도면 관계에 대해 내가 배운 만큼은 되는 것 같다.

35 속도가 아닌 방향

산길을 가다 보면 쉬는 것을 잊고

앉아서 쉬다 보면 가는 것을 잊네

소나무 그늘 아래 말을 세우고

짐짓 물소리를 듣기도 하네

뒤따라오던 사람 몇이 나를 앞질러 가기로손

제각기 갈 길 가는 터 또 무엇을 다툴 것이랴

* 출처: 송익필, 시

회사생활 중 가장 힘들었던 시기가 있었다. 노력은 했지만 결과는 따라오지 않았다. 시간은 흘렀고 같이 시작한 사람은 이미 앞서 있었고 후배들은 빠르게 올라왔다. 나만 제자리에 서 있는 것 같았다.

조급함이 올라왔다. 더 빨리 가야 할 것 같았고 따라잡아야 할 것 같았고 늦으면 끝날 것 같았다. 속도가 내 가치를 증명하는 것처럼 느껴졌다.

그때 이 시를 읽었다. 산길에서는 누군가는 빠르게 걷고 누군가는 쉬어가고 누군가는 다른 길로 돌아간다. 그 장면이 이상하게 오래 남았다. 나는 남의 속도만 보고 있었다. 정작 내가 어디로 가고 있는지는 묻지 않은 채.

그 이후 완전히 비교를 끊은 것은 아니다. 지금도 누군가 앞서 나가면 마음이 흔들린다. 다만 예전처럼 무작정 속도를 올리지는 않는다. 가끔은 잠시 멈춰 내가 가고 있는 방향을 다시 본다. 빠르지 않아도 비틀리지 않으면 그걸로 괜찮지 않을까 생각한다.

아직도 급하다. 그래도 예전보다는 조금 덜 쫓긴다. 그 정도의 변화다.

36 | 바뀌지 않는 사람

사람은 서른 넘으면 바뀌지 않는다.

애써 안 되는 사람 노력해서 바꾸려 하지 마라
너 힘만 빠진다.

그냥 나쁜 놈은 바뀌지 않는다고 인정하는 게 맘 편하다.

* 출처: 자작

직장생활을 하며 후배들을 코칭했고 동료들과 부딪혔다. 어떤 사람은 변했다. 지적을 받아들이고 습관을 고치고 조금씩 나아졌다. 그 모습을 보며 더 열심히 도우려 했다. 그런데 모두가 그렇지는 않았다. 같은 말을 해도 누군가는 움직였고 누군가는 그대로였다.

능력의 문제가 아니라 준비의 문제라는 걸 늦게 알았다. 변하고 싶지 않은 사람을 내가 대신 바꿀 수는 없었다. 그 사실을 받아들이는 데 꽤 시간이 걸렸다. 나는 누군가를 바꾸겠다는 마음으로 생각보다 많은 에너지를 쓰고 있었다. 결국 지친 건 나였다.

요즘은 조금 다르게 생각한다. 변하려는 사람에게는 기꺼이 시간을 쓰고, 아직 준비되지 않은 사람에게는 억지로 밀어붙이지 않는다. 냉정해졌기 때문은 아니다. 다만 내가 할 수 있는 일과 할 수 없는 일을 구분하려는 중이다.

사람을 바꾸는 일은 어렵다. 그래서 이제는 내가 먼저 바뀔 수 있는 것부터 천천히 고쳐보려 한다. 그게 내가 배운 만큼이다.

삶의 고통과 어깨동무하며 살아가기

고통은 쉽게 끝나지 않습니다. 이 책을 쓰는 동안에도, 다 쓰고 난 지금도, 아마 내일도 이어질 것입니다. 예전에는 고통을 이겨야 한다고 믿었습니다. 참아내고 넘어뜨리고 결국 극복해야 할 대상으로 여겼습니다. 하지만 시간이 지나며 생각이 조금 달라졌습니다. 고통을 없애는 법은 잘 모르겠습니다. 대신 고통과 함께 숨 쉬는 법을 조금 배웠습니다.

창밖을 보며 멍하니 앉아 있을 때, 나는 잠시 나를 다그치지 않는 연습을 합니다. 누군가와 웃으며 마주할 때는 내가 혼자가 아니라는 사실을 다시 확인합니다. 오래된 문장을 읽을 때는 나보다 먼저 흔들렸던 사람들의 시간을 떠올립니다. 고통이 사라지지 않아도 우리는 여전히 살아갑니다. 출근하고 밥을 먹고 누군가와 대화를 나누며 그렇게 하루를 지나갑니다. 어쩌면 대단한 답은 없을지도 모릅니다. 오늘을 넘기고 내일을 다시 맞이하는 것, 그 정도면 충분할지도 모릅니다.

지금 힘든 시간을 지나고 있다면 너무 오래 자신을 미워하지 않았으면 좋겠습니다. 적어도 당신만은 당신 편이었으면 좋겠습니다.

이 책도 그런 시간에서 시작되었습니다. 세 명의 아티스트 지인들과 '아트 공간과 미식'을 주제로 공저를 준비하며 설레는 마음으로 출발했습니다. 필명도 예술가와 나를 잇는다는 의미로 'AI(Artist & I)'라고 정했습니다.

하지만 삶은 계획대로 흘러가지 않았습니다. 각자의 사정으로 그 기획은 흩어졌고, 나는 박사 과정 논문 앞에서 길을 잃은 채 한동안 멈춰 서 있었습니다. 그 자리에서 스스로에게 묻게 되었습니다. 바쁜 일상 속에서도 왜 이 나이에 다시 쓰고 있는가를.

그 질문에 답하기 위해 적어 내려간 생각들이 조용히 쌓였습니다. 멍하니 창밖을 바라보던 날들, 사람들과의 인연 속에서 배운 시간들, 그리고 삶이 남겨 준 작은 문장들이 모여 결국 이 책이 되었습니다.

첫 책을 낸 뒤 "당분간은 책을 쓰지 않겠다"고 말한 적이 있습니다. 글을 쓰는 일이 생각보다 훨씬 고통스럽다는 것을 이미 알고 있었기 때문입니다. 그런데 결국 나는 다시 쓰고 있습니다. 어쩌면 글을 쓴다는 것은 고통을 없애기 위한 일이 아니라, 그 고통과 함께 살아가기 위한 하나의 방법인지도 모르겠습니다.

우리는 모두 각자의 길 위에서 흔들리며 살아갑니다. 때로는 길을 잃고, 때로는 혼자라고 느끼기도 합니다. 하지만 그 길 위에서 서로의 등을 비추어 줄 작은 등불 하나쯤은 누구나 마음속에 가지고 있는지도 모릅니다.

감사의 글

이 책은 혼자 쓴 것처럼 보이지만, 사실 많은 분들의 도움 없이는 완성될 수 없었습니다. 먼저 학문의 즐거움을 일깨워주신 이상우 지도교수님께 깊이 감사를 드립니다. 부족함 많은 늦깎이 제자를 끝까지 이끌어주시며, 학자로서 길을 걷는 태도가 무엇인지 보여주셨습니다. 막막하기만 했던 논문의 시간이, 이렇게 또 다른 길을 열어줄 줄은 미처 알지 못했습니다.

함께 마음을 모았던 함조해나, 최정원, 강우영 세 아티스트께도 고마운 마음을 전합니다. 각자의 삶에 예기치 않은 변수가 찾아와 '아트 공간과 미식'을 꿈꾸던 공저 기획은 잠시 멈추었지만, 그 시간이 있었기에 이 책이 시작될 수 있었습니다. 세 분의 응원이 다시 펜을 들게 했습니다.

무엇보다 제 삶의 고통 속에 등장했던 모든 인연에게 감사드립니다. 따뜻한 위로로 다가온 분도, 날카로운 자극이 되어준 분도 모두 이 책의 한 장면이 되었습니다.

평범한 직장인이자 늦깎이 학생으로 살아가는 저의 분주한 시간을 묵묵히 지켜봐 준 가족에게 고맙습니다.

마지막으로 이 책을 펼쳐주신 독자 여러분께 감사합니다. 저의 개인적인 기록이 여러분과 닿을 때, 이 글은 비로소 의미를 갖게 됩니다.

고통과 어깨동무하며 걷는 이 길 위에서, 우리 모두 서로의 편이 되었으면 좋겠습니다.

KI신서 16183

우리는 서로의 등불로 머문다

1판 1쇄 인쇄 2026년 3월 14일
1판 1쇄 발행 2022년 3월 20일

지은이 박대식
펴낸이 김영곤
펴낸곳 (주)북이십일 21세기북스

영업팀 정지은 장철용 강경남 황성진 김도연 이민재
제작팀 이영민 권경민
진행·디자인 다함미디어 | 함성주 홍영미 유창림

출판등록 2000년 5월 6일 제406-2003-061호
주소 (10881) 경기도 파주시 회동길 201(문발동)
대표전화 031-955-2100 **팩스** 031-955-2151 **이메일** book21@book21.co.kr

© 박대식, 2026
ISBN 979-11-7357-883-0 03810

(주)북이십일 경계를 허무는 콘텐츠 리더

21세기북스 채널에서 도서 정보와 다양한 영상자료, 이벤트를 만나세요!
페이스북 facebook.com/jiinpill21 포스트 post.naver.com/21c_editors
인스타그램 instagram.com/jiinpill21 홈페이지 www.book21.com
유튜브 youtube.com/book21pub